U0124741

中 篇 小 说 经 典 系 列

韩少功

著

爸 爸 爸

插图本

长江出版传媒　长江文艺出版社

图书在版编目（CIP）数据

爸爸爸 / 韩少功著. -- 武汉：长江文艺出版社，
2023.10
（中篇小说经典系列）
ISBN 978-7-5702-2788-4

Ⅰ. ①爸… Ⅱ. ①韩… Ⅲ. ①中篇小说－小说集－中
国－当代 Ⅳ. ①I247.5

中国版本图书馆 CIP 数据核字(2022)第 122627 号

爸爸爸
BABABA

责任编辑：李　艳　　　　　　　　　责任校对：毛季慧
封面设计：璞茜设计　　　　　　　　责任印制：邱　莉　胡丽平

出版：长江出版传媒　长江文艺出版社
地址：武汉市雄楚大街 268 号　　　　邮编：430070
发行：长江文艺出版社
http://www.cjlap.com
印刷：武汉市首壹印务有限公司

开本：880 毫米×1230 毫米　　1/32　　印张：6.375
版次：2023 年 10 月第 1 版　　　　2023 年 10 月第 1 次印刷
字数：86 千字

定价：32.00 元

目　录

爸爸爸

韩少功

　＊ 最初发表于 1985 年《人民文学》杂志，后收入小说集《诱惑》，已译成英文、德文、法文、意文、西文、荷文、日文、韩文、越文等在境外出版。

一

他生下来时，闭着眼睛睡了两天两夜，不吃不喝，一个死人相，把亲人们吓坏了，直到第三天才哇的哭出一声来。

能在地上爬来爬去的时候，他就被寨子里的人逗来逗去，学着怎样做人。很快学会了两句话，一是"爸爸"，二是"×妈妈"。后一句粗野，但出自儿童，并无实在意义，完全可以把它当作一个符号，比方当作"×吗吗"也是可以的。

三五年过去了，七八年也过去了，他还是只能说这两句话，而且眼目无神，行动呆滞，畸形的脑袋倒很大，像个倒竖的青皮葫芦，以脑袋自居，装着些古怪的物质。吃饱了的时候，他嘴角沾着一两颗残饭，胸前油水光光一片，摇摇晃晃地四处访问，见人不分男女老幼，亲切地喊一声"爸爸"。要是你大笑,他也很开心。要是你生气,冲他瞪一眼,他也深谙其意,朝你头顶上的某个位置眼皮一轮,翻上一个慢腾腾的白眼,咕噜一声"×吗吗",掉头颠颠地跑开去。

他轮眼皮是很费力的,似乎要靠胸腹和颈脖的充分准备,运上一口长气,才能翻上一个白眼。掉头也是很费力的,软软的颈脖上,脑袋像个胡椒碾锤摇来晃去,须甩出一个很大的弧度,才能稳稳地旋到位。他跑起路来更费力,深一脚浅一脚找不到重心,靠整个上身尽量前倾,才能划开步子,靠目光扛着眉毛尽量往上顶,才能看清方向。他一步步跨度很大,像赛跑冲线的动作在屏幕上慢速放映。

都需要一个名字,上红帖或墓碑,于是他就成了"丙崽"。

丙崽有很多"爸爸",却没见过真正的爸爸。据说父亲不满意婆娘的丑陋,不满意她生下了这么个孽障,觉得自己很没面子,很早就贩鸦片出山,再也没有回来。有人说他已经被土匪裁了,有人说他还在岳州开豆腐坊,有人则说他拈花惹草,把几个钱都嫖光了,某某曾亲眼看见他在辰州街上讨饭。他是否存在,说不清楚,成了个

不太重要的谜。

丙崽他娘种菜喂鸡，还是个接生婆。常有些妇女上门来，在她耳边叽叽咕咕一阵，然后她带上剪刀什么的，跟着来人交头接耳地出门去。那把剪刀剪鞋样，剪酸菜，剪指甲，也剪出山寨一代人，一个未来。她剪下了不少活脱脱的生命，自己身上落下的这团肉却长不成个人样。她遍访草医，求神拜佛，对着木头人或泥巴人磕头，还是没有使儿子学会第三句话。有人悄悄传说，多年前她在灶房里码柴，曾打死一只蜘蛛。那蜘蛛绿眼赤身，有瓦罐大，织的网如一匹布，拿到火塘里一烧，气味臭满一山三日不绝。那当然是蜘蛛精了。冒犯神明，现世报应，有什么奇怪的呢？

不知她听说过这些没有，反正她发过一次疯病，被人灌了一嘴大粪，病好了，还胖了些，胖得像个禾场滚子，腰间一轮轮肉往下垂。只是像儿子一样，间或也翻一个白眼。

母子住在寨口边一栋木屋里，同别的人家一样，木屋在雨打日晒之下微微发黑，木柱木梁都毫无必要地粗大厚重——这里的树反正不值钱。门前有引水竹管，有猪屎狗粪，有经常晾晒着的红红绿绿的小孩衣裤以及被褥，上面荷叶般的尿痕当然是丙崽的成果。丙崽呢，在门前戳蚯蚓，搓鸡粪，抓泥巴，玩腻了，就挂着鼻涕打望人影。碰到一些后生倒树归来或上山去"赶肉"——就是去打野猪，他被那些红扑扑的脸所感动，会友好地喊一声"爸爸——"

哄然大笑。

被他眼睛盯住了的后生，往往会红着脸气呼呼地上来，骂几句粗话，对他晃一晃拳头。要不，干脆在他的葫芦脑袋上敲一丁公。

有时，后生们也互相逗耍。某个后生笑嘻嘻地拉住他，指着另一位开始教唆："喊爸爸，快喊爸爸。"见他犹疑，或许还会塞一把红薯片子或炒板栗。当他照办之后，照例会有一阵旁人的开心大笑，照例会有丁公或耳光落在他头上。如果他愤怒地回敬一句"×吗吗"，昏天黑地中，头上就火辣辣地更痛了。

两句话似乎是有不同意义的，可对于他来说，效果都一样。

他会哭，哇的一声哭出来。

妈妈赶过来，横眉瞪眼地把他拉走，有时还拍着巴掌，拍着大腿，蓬头散发地破口大骂。如果骂一句，在胯里抹一下，据说就更能增强语言的恶毒。"黑天良的，遭瘟病的，要砍脑壳的！渠是一个宝崽，你们欺侮一个宝崽，几多毒辣呀。老天爷你长眼呀，你视呀，要不是吾，这些家伙何事会从娘肚子里拱出来？他们吃谷米，还没长成个人样，就烂肝烂肺，欺侮吾娘崽呀……"

"视"是看的意思。"渠"是他的意思。"吾"是我的意思。"宝崽"是"呆子"的意思。她是山外嫁进来的，口音古怪，有点好笑和费解。但只要她不咒"背时鸟"——据说这是绝后的意思，后生们一般不会怎么计较，笑一阵，散开去。

骂着，哭着，哭着又骂着，日子还热闹，似乎还值得边抱怨边过下去。后生们在门前来来往往，一个个冒出胡桩和皱纹，背也慢慢弯了，直到又一批挂鼻涕的奶崽长成门长树大的后生。只有丙崽凝固不动，长来长去还是只有背篓高，永远穿着开裆的红花裤。母亲说他只有"十三岁"，说了好几年，但他的脸相明显见老，额上叠着不少抬头纹。

夜晚，母亲常常关起门来，把他稳在火塘边，坐在自己的膝下，膝抵膝地对他喃喃说话。说的词语，说的腔调，说话时悠悠然摇晃着竹椅的模样，都像其他母亲对待自己的孩子："你这个奶崽，往后有什么用呵？你不听话，你教不变，吃饭吃得多，穿衣最费布，又不学好样。养你还不如养条狗，狗还可以守屋。养你还不如养头猪，猪还可以杀肉呢。呵呵呵，你这个奶崽，有什么用啊，睓眦大的用也没有，长了个鸡鸡，往后哪个媳妇愿意上门？……"

丙崽望着这个颇像妈妈的妈妈，望着那死鱼般眼睛里的光辉，觉得这些嗡嗡的声音一点也不新鲜，舔舔嘴唇，兴冲冲地顶撞："×吗吗。"

母亲也习惯了，不计较，还是悠悠然地前后摇着身子，把竹椅摇得吱呀呀地响。

"你收了亲以后，还记得娘么？"

"×吗吗。"

"你生了娃崽以后，还记得娘么？"

"×吗吗。"

"你当了官发了财，会把娘当狗屎嫌吧？"

"×吗吗。"

"一张嘴只晓得骂人，好厉害咧。"

丙崽娘笑了，笑得眼小脖子粗。对于她来说，这种关起门来的对话，是一种谁也无权夺去的亲情享受。

二

寨子落在大山里和白云上，人们常常出门就一脚踏进云里。你一走，前面的云就退，后面的云就跟，白茫茫云海总是不远不近地团团围着你，留给你脚下一块永远也走不完的小孤岛，托你浮游。

小岛上并不寂寞。有时可见树上一些铁甲子鸟，黑如焦炭，小如拇指，叫得特别焦脆和洪亮，有金属的共鸣声。它们好像从远古一直活到现在，从没变什么样。有时还可见白云上飘来一片硕大的黑影，像打开了的两页书，粗看是鹰，细看是蝶，粗看是黑灰色的，细看才发现黑翅上有绿色、黄色、橘红色等复杂的纹络斑点，隐隐约约，似有非有，如同不能理解的文字。

行人对这些看也不看，毫无兴趣，只是认真地赶路。要是觉得迷路了，赶紧撒尿，赶紧骂娘，据说这是对付"岔路鬼"的办法。

点点滴滴一泡热尿，落入白云中去了。云下面发生了一些什么事情，似与寨里的人没有多大关系。秦时设过郡，汉时也设过郡，到明代"改土归流"……这都是听一些进山来的牛皮商和鸦片贩子说的。说就说了，山里却一切依旧，吃饭还是靠自己种粮。官家人连千家坪都不常涉足，从没到山里来过。

种粮是实在的，蛇虫瘴疟也是实在的。山中多蛇，蛇粗如水桶，蛇细如竹筷，常在路边草丛嗖嗖地一闪，对某个牛皮商的满心喜悦抽上黑黑的一鞭。据说蛇好淫，即便被装入笼子里，见到妖娆妇女，还会在笼中上下顿跌，躁动不已，几近气绝。取蛇胆也不易，据说击蛇头则胆入尾，击蛇尾则胆入头，耽搁久了，蛇胆化水，也就没用了。人们的办法是把草扎成妇人形，涂饰彩粉，引淫蛇抱缠游戏之，再割其胸取胆，那色胆包天的家伙在这一过程中竟陶陶然毫无感觉。还有一种挑生虫，春夏两季多见，人一旦染上虫毒，就会眼珠青黄，十指发黑，嚼生豆不腥，含黄连不苦，吃鱼会腹生活鱼，吃鸡会腹生活鸡。在这种情况下，解毒办法就是赶快杀一头白牛，让患者喝下生牛血，对满盆牛血学三声公鸡叫。

至于满山密密的林木，同大家当然更有关系了。大雪封山时，寄命一塘火。大木无须砍断，从门外直接插入火塘，一截截烧完便算完事。以至这里的火塘都直接对着大门，可减少劈柴的劳累。有一种枏木，长得很直，质地紧密，祛虫防蚁，有微香，长至几丈或十几丈才撑开枝叶。古代常有采官进山，催调徭役倒伐这种树，去给州府做宫室的楹栋，支撑官僚们生前的威风。山民们则喜欢用它打造舟船，远远行至辰州、岳州乃至江浙，由那些"下边人"拆船取材，移作他用，琢磨成花窗或妆匣。下边人把这种树木称为"香柟"。

人们出山当然有危险。木船或木排循溪水下行，遇到急流险滩，稍不留神就会船毁排散，尸骨不存。这是第一条。碰上祭谷神的，可能取了你的人头；碰上剪径的，可能钩了你的车船，剐了你的钱财。这是第二条。还有些妇人，用公鸡血掺和几种毒虫，干制成粉，藏于指甲缝中，趁你不留意时往你茶杯中轻轻一弹，令你饮茶之后暴死于途。这叫"放蛊"。据说放蛊者由此而益寿延年，至少也要攒下一些留给来世的阴寿。当然是害怕蛊祸，此地的青壮后生一般不会轻易远行，远行也不敢随便饮水，实在干渴难忍，视潭中或井中有活鱼游动，才敢前去捧喝两口。

有一次，两个汉子身上衣单，去一个石洞避风雨，摸索到洞里，发现那里有一大堆骸骨，石壁上还有刀砍出来的一些花纹，如鸟兽，如地图，似蝌蚪文，全不可解。谁知道这是怎么回事？谁知道这是不是一次放蛊的后果？

加上大岭深坑，山路崎岖，大树实在不易外运，于是长了也是白长，派不上多大用场，雄姿英发地长起来，又在阳光雨露下默默老死山中。枝叶腐烂，年年厚积，若有人软软地踏上去，腐积层就冒出几注黑汁和一些水泡，冒出阴湿浓烈的酸臭，浸染着一代代山猪和野豹的嚎叫。这些叫声总是凄厉而悠长。

村村寨寨所以都变黑了。

这些村寨不知来自何处。有的说来自陕西，有的说来自广西，说不太清楚。他们的语言和山下的千家坪的就很不相同。比如把"说"说成"话"，把"站立"说成"倚"，把"睡觉"说成"卧"，把近指的"他"与远指的"渠"严格区分，颇有点古风。人际称呼也特别古怪，好像是很讲究大团结，故意混淆远近和亲疏，于是父亲被称为"叔叔"，叔叔被称作"爹爹"，姐姐成了"哥哥"，嫂嫂成了"姐姐"，如此等等。"爸爸"一词，还是人们从千家坪带进山来的，暂时算不上流行。所以，按照这里的老规矩，丙崽家那个离家远走杳无音信的人，应该是丙崽的"叔叔"。

这当然与他没太大关系。叫爹爹也好，叫叔叔也罢，丙崽反正从未见过那人。就像山寨里有些孩子一样，丙崽无须认识父亲，甚至不必从父姓。如果不是母亲吐露往事，他们可能永远不知自己的骨血与哪一个汉子有关。

但人们还是有认祖归宗的强烈冲动。对祖先较为详细的解释，是古歌里唱的。山里太阳落得早，夜晚长得无聊，大家就懒懒散散地串门，唱歌，摆古，说农事，说匪患，打瞌睡，毫无目的也行。坐得最多的地方，当然是那些灶台和茶柜都被山猪油抹得清清亮亮的殷实人家。壁上有时点着山猪油灯壳子，发出淡蓝色的光，幽幽可怖。有时人们还往铁丝编成的灯篮里添块松膏，待松膏烧得噼叭一炸，铜色火光惶惶一闪，灯篮就睡意浓浓地抽搐几下。火塘里的青烟冒出来，冬天可用来取暖，夏天可用来驱蚊。栋梁壁顶都被烟火熏得黑如焦炭，浑然黑色中看不清什么线条和界限，只有一股清冽的烟味戳鼻。要是火烧得太旺，气流上冲，梁上一根根灰线子不断摇晃，点点烟屑从天而降，翻舞飞腾，最后飘到人们的头上、肩上或者膝头上，不被人们注意。

德龙最会唱歌，包括唱古歌。他没有胡子，眉毛也淡，平时极风流，妇女们一提起他就含笑切齿咒骂。他天生的娘娘腔，嗓音尖而细，憋住鼻腔一起调，一句句像刀子在你脑门顶里剐着、刮着、挤着，让你一身皮肉发紧。大家紧惯了，还紧出了满心的佩服：德龙的喉咙真是个喉咙呵！

他揣着一条敲掉了毒牙的青蛇，跨进门来，嬉皮笑脸，被大家取笑一番以后，不劳多劝就会盯住木梁，捏捏喉头，认真地开唱：

辰州县里好多房？

好多柱来好多梁？

鸡公岭上好多鸟？

好多窝来好多毛？

这类"十八扯"相当于开场白或定场诗，是些不打紧的铺垫。唱得气顺了，身子热了，眼里有邪邪的光亮进出，风流情歌就开始登场：

思郎猛哎，

行路思来睡也思，

行路思郎留半路，

睡也思郎留半床。

德龙风流，最愿意唱风流歌，每次都唱得女人们面红耳赤地躲避，唱得主妇用棒槌打他出门。当然，如果寨里有红白喜事，或是逢年过节祈神祭祖，那么照老规矩，大家就得表情肃然地唱"简"，即唱历史，唱死去的人。歌手一个个展开接力唱，可以一唱数日不停，从祖父唱到曾祖父，从曾祖父唱到太祖父，一直唱到远古的姜凉。姜凉是我们的祖先，但姜凉没有府方生得早。府方又没有火牛生得早。火牛又没有优耐生得早。优耐是他爹妈生的，谁生下优耐他爹呢？那就是刑天——也许就是晋人陶潜诗中那个"猛志固常在"的刑天吧？刑天刚生下来的时候，天像白泥，地像黑泥，叠在一起，连老鼠也住不下。他举起斧头奋力大砍，天地才得以分开。可是他用劲用得太猛啦，把自己的头也砍掉了，于是以后成了个无头鬼，只能以乳头为眼，以肚脐为嘴，长得很难看的。但幸亏有了这个无头鬼，他挥舞着大斧，向上敲了三年，天才升上去；向下敲了三年，地才降下来。这才有了世界。

刑天的后代怎么来到这里呢？——那是很早以前，

很早很早以前，很早很早很早以前，五支奶和六支祖住在东海边上，发现子孙渐渐多了，家族渐渐大了，到处都住满了人，没有晒席大一块空地。怎么办呢？五家嫂共一个春房，六家姑共一担水桶，这怎么活下去呵？于是，在凤凰的提议下，大家带上犁耙，坐上枫木船和楠木船，向西山迁移。他们以凤凰为前导，找到了黄央央的金水河，金子再贵也是淘得尽的；他们找到了白花花的银水河，银子再贵也是挖得完的；他们最后才找到了青幽幽的稻米江。稻米江，稻米江，有稻米才能养育子孙。于是大家唱着笑着来了。

奶奶离东方兮队伍长，
公公离东方兮队伍长。
走走又走走兮高山头，
回头看家乡兮白云后。
行行又行行兮天坳口，
奶奶和公公兮真难受。
抬头望西方兮万重山，
越走路越远兮哪是头？

据说，曾经有个史官到过千家坪，说他们唱的根本不是事实。那人说，刑天是争夺帝位时被黄帝砍头的。此地彭、李、麻、莫四大姓，原来住在云梦泽一带，也不是什么"东海边"。后因黄帝与炎帝大战，难民才沿着五溪向西南方向逃亡，进了夷蛮山地。奇怪的是，这些难民居然忘记了战争，古歌里没有一点战争逼迫的影子。

鸡头寨的人不相信史官，更相信他们的德龙——尽管对德龙的淡眉毛看不上眼。眉淡如水，完全是孤贫之相。

德龙唱了十几年，带着那条小青蛇出山去了。

他似乎就是丙崽的父亲。

三

丙崽对陌生人最感兴趣。碰上匠人或商贩进寨，他都会迎上去大喊一声"爸爸"，吓得对方惊慌不已。

碰到这种情况，丙崽娘半是害羞，半是得意，对儿子又原谅又责怪地呵斥："你乱喊什么？要死呵？"

呵斥完了，她眉开眼笑。

窑匠来了，丙崽也要跟着上窑去看，但窑匠说老规矩不容。传说烧窑是三国时的诸葛亮南征时路过这里教给山民们的，所以现在窑匠动土，先要挂一太极图顶礼膜拜。点火也极有讲究，须焚香燃炮在先，南北两处点火在后，窑匠念念有词地轻摇鹅毛扇——诸葛亮不就是用的鹅毛扇吗？

女人和小孩不能上窑，后生去担泥坯也得禁恶言秽语。这些规矩，使大家对窑匠颇感神秘。歇工时，后生就围着他，请他抽烟，恭敬地讨教技艺，顺便也打听点山外的事。这其中，最为客气的可能要数石仁，他一见窑匠就喊"哥"喊"叔"，第二句就热情问候"我嫂"或"我婶"——指窑匠的女人。有时候对方反应不过来，不知道他是扯上了谁。三言两语说亲热了，石仁还会盛情邀请窑匠到他家去吃肉饭，吃粑粑，去"卧夜"。

石仁对窑匠最讨好，但一再讨好的同时也经常添乱，不是把堆码的窑坯撞垮了，就是把桶模踩烂了，把弓线拉断了，气得窑匠大骂他"圆手板"和"花脚乌龟"，后来干脆不准他上窑来——权当他是另一个丙崽。

这使他多少有些沮丧和寞落。他外号仁宝，是个老后生，虽至今没有婚娶，但自认为是人才，常与外来的客人攀攀关系。无所事事的时候，他溜进林子里，偷看女崽们笑笑闹闹溪边洗澡，被那些白色影子弄得快快活活地心痛。但他眼睛不好，看不大清楚，作为补偿，就常常去看小女崽撒尿，看母狗母猪母牛的某个部位。有一次，他用木棍对一头母牛进行探究，被丙崽娘看见了。这婆娘爱拨弄是非，回头就找这个嘀咕几句，找那个嘀咕几句，眉头跳跳的，见仁宝来了才镇定自若地走开。后来仁宝上山挖个笋子，刮点松膏，或是到牛栏房去加点草料，也总看见那婆娘探头探脑，装着在寻草药什么的，死鱼般的眼睛充满信心地往这边瞥一瞥，瞥得仁宝心里发毛。

仁宝没理由发作，骂了阵无名娘，还是不解恨，只好在丙崽身上出气，一见到他，注意到周围没什么旁人，就狠狠地在他脸上扇耳光。

小老头被打惯了，经得打，嘴巴歪歪地扯了几下，没有痛苦的表情。

石仁再来几下，直到手指有些痛。

"×吗吗，×吗吗……"小老头这才感到形势不妙，稳稳地逃跑。

仁宝追上去，捏紧他的后颈皮，逼着他给自己磕了几个响头，直到他额上有几颗陷进皮肉的沙粒。

他哇哇哭起来。但哭没有用，等那婆娘来了，他一张哑巴嘴说不清谁是凶手，只能眼睛翻成全白，额上青筋一根根暴出来，愤怒地揪自己的头发，咬自己的手指，朝着天大喊大叫，疯了一样。

丙崽娘在他身上找了找，没发现什么伤痕，"哭，哭死呵？走不稳，要出来野，摔痛了，怪哪个？"

丙崽气绝，把自己的指头咬出血来。

就这样，仁宝报复了一次又一次，婆娘欠下的债，让小崽子加倍偿还，他自己躲在远处暗笑。不过，丙崽后来也多了心眼。有一次再次惨遭欺凌，待母亲赶过来，他居然止住哭泣，手指地上的一个脚印："×吗吗"。那是一个皮鞋底印迹，让丙崽娘一看就真相大白。"好你个仁宝臭肠子哎，你鼻子里长蛆，你耳朵里流脓，你眼睛里生霉长毛呵？你欺侮我不成，就来欺侮一个蠢崽，你枯脔心毒脔心不得好死呀——"她一把鼻涕一把泪，拉着丙崽去寻找凶手，"贼娘养的你出来，你出来！老娘今天把丙崽带来了，你不拿刀子杀了他，老娘就同你没完！你不拿锤子锤瘪他，老娘就一头撞死在你面前……"

这一夜，据说仁宝吓得没敢回家。

不过，后来仁宝同她并没有结仇，一见到她还"婶娘"前"婶娘"后的喊得特别甜。帮她家春个米，修个桶，找窑匠讨点废砖瓦，都是挽起袖子轰轰烈烈地干。摘了几个南瓜或几个包谷，也忙着给她家送去。有人说，他是同丙崽娘打过一架，但打着打着就搂到一起去了，搂着搂着就撕裤子了——这件事就发生在他们去千家坪告官的路上，就发生在林子里，不知是真是假。还有人说，当时丙崽"×吗吗×吗吗"地骑到仁宝的头上揪打，反而被他娘一巴掌扇开，被赶到一边去，也不知是真是假。

反正结果有点蹊跷。看见仁宝有时给呆子一把杨梅或者红薯片，妇女们免不了更多指指点点：真的吗？不会吧？诸如此类。

丙崽对红薯片并不领情，一把掷回仁宝。"×吗吗。"

"你疯呵？好吃的。"

"×吗吗！"

"我×你妈妈呢。"

丙崽一口浓痰吐到仁宝的身上。

妇女们大笑：仁宝伢子，这下知道了吧？要×吗吗还不容易呵……她们没说完，差点笑得气岔，羞得仁宝一脸涨红夺路而逃。大概是受到笑声的鼓舞，丙崽左右看看，更加猖狂起来，把自己拉的屎抓了个满手，偏斜着脑袋，轮出一个白眼，继续追击仁宝，一路"×吗吗×吗吗×吗吗"，竟把一条汉子追得满山跑。

仁宝跑下山去了。直到半个多月以后，他才重新出现在人们眼前。他头发剪短了，胡桩刮光了，还带回了一些新鲜玩意儿：一个玻璃瓶子，一盏破马灯，一条能长能短的松紧带子，一张旧报纸或一张不知是何人的小照片。他踏着一双更不合脚的旧皮鞋壳子，在石板路上嘎嘎咯咯地响，很有新时代气象。"你好！"他逢人便招呼，招呼的方式很怪异，让大家听不大懂。你什么好呢？又没生病，能不好么？

仁宝的父亲仲满是个裁缝，看见菜园里杂草深得可以藏一头猪，气不打一处来，对儿子脚下的皮鞋最感到戳眼："畜生！死到哪里去了？有本事就莫回来！"

"你以为我想回来？我一进门就窝心冲。"

"你还想跑？看老子不剁了你的脚！"

"剁就要剁死，老子好投胎到千家坪去。"

"到千家坪，吃金子屙银子是吧？"

"千家坪的王先生穿皮鞋，鞋底还钉了铁掌子，走起来当当地响，你视过？"

仲满没见过什么钉铁掌的皮鞋，不便吭声，停了片刻才说："皮鞋子上不得坡，下不得河，不透气，穿起来脚臭，有什么稀奇？"

"铁掌子，我是说铁掌子。"

"只有骡马才钉掌子，你不做人，想做畜生？"

仁宝觉得父亲侮辱了自己的同志，十分恼怒，狠狠地报复了一句："辣椒秧子都干死了，晓得么？"

叭——裁缝一只鞋摔过来，正打中仁宝的脑袋。他不允许儿子如此不遵孝道。

"哼！"

仁宝怕第二只鞋子，但坚强地不去摸脑袋，冲冲地走进楼上自己的房间，继续戳他的旧马灯罩子。

听说他挨了打，后生们去问他，他总是否认，并且严肃地岔开话题："这鬼地方，太保守了，太落后了，不是人活的地方。"

后生们不明白"保守"是什么意思，更不明白玻璃瓶子和马灯罩子有何用途，于是新名词就更有价值，能说新名词的仁宝也更可敬。人们常见他愤世嫉俗，对什么也看不顺眼，又见他忙忙碌碌，很有把握地在家里研究着什么。有时研究对联，有时研究松紧带子，有时研究烧石灰窑。有一回，还神秘地告诉后生们：他在千家坪学会了挖煤，现在他要在山里挖出金子来。金子！黄央央的金子哩！

他真的提着山锄，在山里转了好几天。有几个想沾光的后生，偷偷地跟着看，看了几天，发现他并没有真正动手。

对付同伴们的疑惑，他宽容地笑一笑，然后拍拍对方的肩，贴心地作些勉励："就要开始了，听说没有？上面来人了，已经到了千家坪，真的。"

或者说："就要开始啦，真的，明天就会落雪，秧都靠不住。"说完回头望一望什么，似乎总有个无形的人在跟着他。

有时甚至干脆只有一句："你等着吧，可能就在明天。"

这些话赫赫有威，使同伴们好奇和崇敬，但大家不解其中深意，仍是一头雾水。要开始，当然好，要开始什么呢？要怎么开始呢？是要开始烧石灰窑，还是要开始挖金子，还是像他曾经说过的那样——下山去做上门女婿？不过众人觉得他踏着皮鞋壳子，总有沉思的表情，想必有深谋远虑。邀伴去干犁田、倒树或者砍茅草这一类庸俗的事，不敢叫他了。

仁宝从此渐渐有了老相，人瘦毛长一脸黑。他两眼更加眯，没看清人的时候，一脸戳戳的怒气。看清了，就可能迅速地堆出微笑。尤其是对待一些不凡人士：窑匠、木匠、界（锯）匠、商贩、读书人、阴阳先生等等，他总是顺着对方的言语，及时表示出惊讶、愤慨、惜惋、欢喜乃至悲天悯人的庄严。随着他一个劲地点头，后颈上一点黑壳也有张有弛。当然，奉承一阵以后，他也会巧妙地暗示自己到过千家坪，见识过那里的官道和酒楼。有时他还从衣袋摸出一块纸片，谦虚谨慎地考一考外来人，看对方能否记得瓦岗寨的一条好汉到六条好汉，能否懂一点对联的平仄。

这一天，寨子里照例祭谷神，男女老少都聚集在祠堂。仁宝大不以为然，不过受父亲鞋底的威胁，还是不得不去应付一下。只是他脸上一直充满冷笑。可笑呵，年年祭谷神，也没祭出个好年成，有什么意思？不就是落后么？他见过千家坪的人做阳春，那才叫真正的做家，所谓作田的专家。哪像这鬼地方，一年只一道犁，甚至不犁不耙，不开水圳也不铲田埂，更不打粪凼，只是见草就烧一把火，还想田里结谷？再说就算田里结了谷，与他的雄图大志有何关系？他看到大家在香火前翘起屁股下拜，更觉得气愤和鄙夷。为什么不行帽檐礼？什么年月了，怎么就不能文明和进步？他在千家坪见过帽檐礼的，那才叫振奋人心！

他自信地对身边一个后生说："会开始的。"

"开始？"后生不解地点点头。

"你要相信我的话。"

"相信，当然相信。"

他觉得对方并非知音，没什么意思。于是目光往左边的女人们投过去。有个媳妇，晃着耳环，不停地用衣袖擦着汗珠。跪下去时没注意，侧边的裤缝胀开了，露出了里面的白肉。仁宝眯着眼睛，看不太清楚，不过这已经足够，可以让他发挥想象，似乎目光已像一条蛇，从那窄窄的缝里钻了进去，曲曲折折转了好几个弯，上下奔蹿，恢恢乎游刃有余。他在脑子里已经开始亲热那位女人的肩膀，膝盖，乃至脚上每个趾头，甚至舌尖有了点酸味和咸味……直到叭的一声，他感觉脑门顶遭到重重一击才猛醒过来。回头一看，是丙崽娘两只冒火的大圆眼，"你娘的×，借走老娘的板凳，还不还回来？"

"我……什么时候借过板凳？"

"你还装蒜？就不记得了？"丙崽娘又一只鞋子举起来了。

四

女人们白天爱串人家，偷偷地沿着屋檐溜进东家或西家，凑在火塘边叽叽咕咕，茶水喝干了几吊壶，尿桶里涨了好几寸，直说得个个面色发白，汗毛倒竖，才拿起竹篮或捣衣的木槌，罢休而去。

一般来说，她们谈得最多的是婚嫁之事。比如说，哪个男人暗取了哪个女子的一根头发，念上七十二遍"花咒"，就把那女子迷住了。又比如说，哪个女子未婚先孕，用大凉的蓝靛打胎，居然打出了一个满身长毛的猴子，如此等等。有时候，她们也讨论一些不祥之兆：某家的鸡叫起来像鸭；腊月里居然没下一场雪；还有丙崽娘去岭那边接生带回的消息，说鸡尾寨的三阿公坐在屋里被一条大蜈蚣咬死，死了两天还没有人知道，结果有只脚被老鼠吃去一半——这些事端是不是有些不吉？

但后来又有人说，三阿公并没有死，前两天还看见他在坡上扳笋子。这样一说，三阿公又变得恍恍惚惚，有无都成为一个问题了。

像要印证这些兆头，后来一阵倒春寒，下了一阵冰雹，田里大部分禾苗都冻成了黑水，只剩下稀稀拉拉几根，像没有拔尽的鸡毛。几天后暴热，田里又多虫，稻谷都长成了草。粮食立刻就成了焦心的话题。家家都觉得奶崽太多，太能吃，又觉得米桶太浅，一舀就见底。有人开始借谷，一借就有了连锁反应，不管桶里有谷没谷的，都踊跃地借，大张旗鼓地借，以示自己也会盘算别人。丙崽娘也借得要死要活的，其实她这几年大模大样地积德，义务照看祠堂，偷偷省下了不少猫粮。祠堂里不能没有猫，不然老鼠啃了族谱和牌位怎么办？搅了祖宗的安宁怎么办？养猫也不能没有猫粮。丙崽娘每年从公田收成里分得两担谷，每天拿瓦罐盛半罐饭，吆吆喝喝从一些门户前经过，说是去送猫食，其实一进祠堂就自己吃了。只可怜那只饿猫，只吃点糠粉野菜，饿得皮包骨，成天蚊子一样尖叫。

靠这只老猫，娘崽两个居然混过了春荒。大家似乎知道这个中机巧，有人在她背后指指点点。她横眉横眼，装着没听见就是。

一直借到寨子里人心惶惶，女人们又开始谈起杀人祭谷神。丙崽娘有点兴高采烈，积极投入了这场对谷神的议论。得闲的时候，就带上针线鞋底，拉上丙崽，矮胖的身子左一顿，右一顿，屁股磨进一家家高大的门槛。对一些没听说过谷神的女崽，她谆谆教导：这可是个老规矩呐。不杀人是不能祭谷神的，要杀人就要杀个男的，选头发最密的杀，肉块都分给狗吃。杀到哪一家，就叫哪一家"吃天粮"……说得女子睁大眼睛，脸色发白，相互挤靠得越来越紧，她又笑起来，神秘地压低声音："你屋里不会吃天粮的，放心。你男人头发胡子都稀么……不过，也不蛮稀。"或者说："你屋里不会吃天粮的，放心。你竹哥太瘦了，没有几斤肉，不过……也不蛮瘦。嗯啦。"

她圆睁双眼，把一户户女人都安慰得心惊肉跳之后，才弯着一个指头，把碗里的茶叶扒起来，嚼得吱吱响，严肃认真地告别："吾去视一下。"

"视一下"有很含混的意思，包括我去打听一下，我去说说情，有我做主，或者是我去看看我的鸡埘什么的，都通。但在女人们的恐慌中，这种含混也很温暖，似乎也值得寄予希望。

实在是割野葱去了。

然后是看鸡塒去了。

鸡塒那边就是仁宝父子的家。丙崽娘看完鸡塒，总是朝那边望一眼。这一眼的意思也很模糊，似乎是招呼，似乎是警惕，似乎是窥探隐私，似乎是不示弱地挑战：看你能把我怎么样？每天都这样偷偷地望几眼，叫仲裁缝心里猫抓似的。

仲裁缝恨女人，尤恨丙崽他娘，那个圆不圆瘪不瘪的家伙。说起来，她还算他的弟媳，又与他为邻，两家地坪相连树荫相接，要是拆了墙壁，大家会发现对方也不过是吃饭、睡觉、训儿子，没什么两样。但越接近就越看得清楚，看出些不一样来。丙崽娘常常挑起一竹篙女人的衣裤，显眼地晒在地坪里，正冲着裁缝的大门，使他一出门就觉得晦气，这不是有辱斯文么？她还经常在地坪里摊晒一些胞衣，作为大补佳药拿去吃，或卖钱。那些婆娘们腹中落下来的肉囊，有血腥气，在晒席上翻来滚去的，晒出一条条皱纹，恰似一个个鬼魂，令人须发倒竖。

不过，这一切都不如她那眼光可恶。似乎是心不在焉地瞅一眼，有毫无理由的理由，有毫不关心的关心，像投来一条无形的毒蛇。堂堂仲满的儿子就是被这样的毒蛇缠住，乱了辈分，毁了伦常，闹出一些恶浊不堪的闲言，岂不是往他仲满耳朵里灌脓？

"妖怪！"

有一天，仲裁缝在大门口怒骂。

地坪里没有他人，只有丙崽娘。她架起一条腿，撕剥脚皮，哼了一声，吐出一口痰，又恨恨剥下两大块茧皮。

就这样交了恶。

但仲裁缝从来不对丙崽做手脚。有一回，小老头怯怯地来到他家门口，研究了一下他脸上的麻子，吐了两个痰泡，把一团绿色鼻涕抹在布料上。裁缝忍无可忍，但还是没有恶语，只是横了一眼，旋即把布料塞进灶口，烧了。

避女人与小子，乃有君子之风。仲裁缝算不算君子，不好说。但他从不与女人交道，从不同后生笑闹，在寨子里是个颇有"话份"的长者。话份在这里也是一个含糊概念，初到这里来的人许久还弄不明白。似乎有钱，有一门技术，有一把胡须，有一个很出息的儿子或女婿，就有了所谓话份。后生们都以毕生精力来争取话份。

有话份，就意味着有人来听你说话。仲裁缝粗通文墨，自婆娘早死之后，孤独度日，晴耕雨读，翻破了几本六叔留下来的线装书，知道不少似真似假的旧事。晋公子重耳、吕洞宾、马伏波，还有他最为崇拜的贤相诸葛亮，都常在他嘴中出入。尤其是坐在火塘边的时候，他把竹烟管喝得嗬嗬地响，慢条斯理说一句，停半天再说一句，三个字一顿，五个字一断，间或夹上一声"哎"，久久没有下文。目光茫茫然，不像是在同听者说话，而是在同死去的先人禅对。后生们望着他脸上几颗冷峻的阴麻子，不敢催促他。

"汽车算个卵。"他说，"卧龙先生，造了木牛流马，逢山过山，逢水过水。只怪后人太蠢，就失传了。"

他还说："先人一个个身高八尺，力敌千钧，日行三百。哪像现在，生出那号小杂种，茄子不是茄子，豆角不是豆角。"

大家知道他是说丙崽。

"先人真有那么高大？"有个后生表示怀疑，"上次我们挖坟砖，挖出来的骨头同我们的差不多，没长到哪里去呵。"

"晓得什么！"仲满哼了一声，"人死了，骨头就缩了。"

"那年千家坪唱戏，诸葛亮还是个矮子。"

"书真戏假，戏台上的事能信么？"

他越这样崇敬古人，越觉得日子不顺心。摇着蒲扇，还是感到闷，鼻尖上直冒汗——呸，妖怪，先前哪有这么热呢？那时候六月天的夜里也要盖被子呵。他觉得椅子也很不合意，吱吱呀呀叫得很阴险——妖怪，如今的手艺也真是哄鬼呵，哪像先前一张椅子，从出嫁坐到做外婆，还是紧紧实实的。想来想去，觉得没有了卧龙先生，这世道恐怕是要败了，这鸡头寨怕是要绝人了。

眼下，听人们都在议论天灾，议论杀人祭谷神，听得让人烦。他坐在家里不知要如何才好。好像出了点问题，仔细思量，才知是自己肚子饿。近来很少有人接他去做衣，即使接他去做上门工，主家的饭食也越来越稀软——此事最不可容忍。人是铁，饭是钢么，人吃饭怎么成了猪吃潲？如果米饭不是粒粒如铁砂，他情愿不摸筷子。当然，更让他寒心的是，今天是什么日子？是他五十岁大寿。想想看，寿星佬居然饿着，这日子还能过？

"仁拐子！"他叫喊。

没有人回答。

"仁拐子，要舂米啦！"

他又喊了一声，上楼去找找，还是没有找到米，只有半箩瘪壳谷，充其量只能拿来喂喂鸡。还有去年攒下来一担包谷和几十个南瓜，竟然也不翼而飞。他往儿子的房间看看，发现那铺盖上全是灰土，还有老鼠屎，看来很久没有人睡过，使他不免吃了一惊。

他明白了什么，一句话也没说，只是啪啪两下，狠抽自己的耳光。"家门不幸，家门不幸呵。老子前世作了什么孽？……"

他看见墙边几个大瓦坛子，很久没有装酸菜了，倒立在那里，像几个囚犯受着大刑，永远倒栽在那里。他还看见一具棺木，不知是仁宝为谁准备的，横霸中央，不可一世。有一只老鼠钻出棺材，在墙根一晃即逝，更让他明白了什么。妖怪！对了，就是这个妖怪——他梦见过的，这家伙眼红足赤，抹了胭脂一般，拱手而立，眼睛滴溜溜地转，还同情地冲他一笑。这不就是古书上说的红眼媚鼠吗？不就是德龙家那妖婆附体的精怪吗？仁拐子一定是被它媚住的，是被它勾了魂魄的。

仲裁缝气喘吁吁，下楼找到铁尺，回头找媚鼠算账。一铁尺打过去，咣地破了个坛子，老鼠尾巴又缩进壁缝去了。他跑到另一房间，撬破一个木柜，捅烂两只簸箕，还是没有成功捕杀。他咚咚咚地蹿到楼下，对可疑之处一律给予惊天动地的检查。一瞬间，碗钵烂了，吊壶也倒了，桌椅板凳都苦苦地跪倒或趴下，尘灰到处飞扬。当他引火大烧鼠洞的时候，一不小心，黑油油的帐子又接上火，燎起热爆爆的一片金黄色光亮。

幸亏老黑狗前来相助，媚鼠总算被他找到，被他戳死，六只肉溜溜的乳鼠也被他斩首，拿到火塘中烧出了一股奇臭。他听见地坪中有脚步声，回过头，没看见儿子，只有丙崽娘蓬头散发，半掩胸襟，朝这边瞄了一眼。

大概是闻到了奇臭，不知这里发生了什么事。

他更加冒火，一咬牙，把老鼠的尸灰泡在水里，喝了下去。

他脸发黑，感到丹田之气已尽，默坐一阵之后出门而去。此时公鸡正在叫午，寨子里静得像没有人，只有两只蝴蝶在无声飞绕。对面是鸡公岭一片狰狞石壁，斑斓石纹有的像刀枪，有的像旗鼓，有的像兜鍪铠甲，有的像战马长车。还有些石脉不知含了什么东西，呈深赭色，如淋漓鲜血劈头劈脑地从山顶泻下来，一片惨烈的兵家气象。仲裁缝突然觉得，他听到了来自那里的轰隆隆声浪，听到了先人们正在对自己召唤。

路过瓜棚时，见绿叶丛中冒出一张老人的脸。

"仲爷，吃了?"

"吃了。"他淡淡一笑。

"要祭谷神了?"

"要祭的吧。"

"轮到谁的脑袋?"

"听说……摇签。"

"摇签?"

"摇到我就好了。"

"活着是没什么意思。"

"我都活过了五十，该回去了。"

"谁说不是呢。"

"省得饿肚皮，省得挑担子。"

"还省得蚊子蚂蟥咬。"

"省得日晒雨淋。"

"省得受儿孙的气。"

双方不再说话。

山上的树漫天生长。从茶子坡过去，大木就多了。有些树上扎了篾条，那都是寿木。寨里的人很小就要上山给自己看寿木，看中了，留个记号，以后每年检查一两次，直到自己最终躺进寿木做成的棺材。但仲裁缝很少进山，也一直没选过寿木，而且憎恶这一棵棵居心不良的鸟树。君子坐有坐相，站有站相，死也要有个死威，死得顶天立地，还用得着准备什么？他提着弯刀进山来，就是要选一处好风景，砍出一个尖尖的树桩，然后桩尖对准粪门，一声嘿，坐桩而死，死出个慷慨激昂。他见过这种死法。前些年马子洞的龙拐子就是一个。他咳痰，咳得不耐烦了，就昂首挺胸地坐死在桩上。后来人们发现血流满地，桩前的草皮都被他抓破，抓出了两个坑，翻出了一堆堆浮土，可见他死得惨烈、死得好，不仅上了族谱的忠烈篇，还在四乡八里传为美谈。

他选定了一棵松树，用裁缝的手，不熟练地砍削起来。

五

为什么祭谷神不用猪羊而要用人肉，为什么杀人得杀个男人，最好是须发茂密的男人……这些道理从来无人深究。

有些寨子祭谷神，喜欢杀其他寨子的人，或者去路上劫杀过往的陌生商客，但鸡头寨似乎民风朴实，从不对神明弄虚作假，要杀就杀本寨人。抽签是确定对象的公道办法，从此以后每年对死者亲属补三担公田稻谷，算是补偿和抚恤。这一次，一签摇出来，摇到了丙崽的名下，让很多男人松了口气，一致认为丙崽真是幸运：这就对了，一个活活受罪的废物，天天受嘲笑和挨耳光，死了不就是脱离苦海？今后不再折磨他娘，还能每年给他娘赚回几担口粮，岂不是无本万利的好事？

听到这消息，丙崽娘两眼翻白，当场晕了过去。几个汉子不由分说，照例放一挂鞭炮以示祝贺，把昏昏入睡的丙崽塞入一只麻袋，抬着往祠堂而去。不料只走到半道，天上劈下一个炸雷，打得几个汉子脚底发麻，晕头转向，齐刷刷倒在泥水里。他们好半天才醒过来，吓得赶快对天叩拜，及时反省自己的罪过：莫非谷神大仙嫌丙崽肉少，对这个祭品很不满意，怒冲冲给出一个警告？

这样，丙崽娘哭着闹着赶上来，把麻袋打开，把咕咕噜噜的丙崽抱回家去，汉子们也就没怎么拦阻。

重新商议，重新摇签，杀了另一个短命鬼，是后来的事。不过像很多寨子一样，鸡头寨这次祭过谷神以后还是灾厄未除，地上依然大旱，下种的秋玉米没怎么出苗，稻田里的虫子也没退去。人们更恐慌了，不仅把周边山上的野菜挖了个遍，不仅把镯子耳环都拿去换粮食，而且鬼鬼祟祟张皇失措摩拳擦掌准备炸掉鸡头峰——这是一位巫师的主意。据这位巫师一边揪鼻涕一边说，流年不利，年成不好，主要是叫鸡精在作怪。你们没看见么？鸡头峰正冲着寨子里的田土，把五谷收成都啄进肚子里去啦。

巫师抓狂时发出的大声鸡叫，给人们印象很深。

风声传出去，七里路以外的鸡尾寨立刻炸了锅。道理是这样：若斩了鸡头，鸡尾还如何出粪？没有鸡尾出粪，鸡尾寨还拿什么丰收五谷？要知道，鸡尾寨是个大寨，有几百号人口，在寨前的石头大牌坊下进进出出，全靠叫鸡精一个粪门的照顾，近年来比较富足。那寨子出了一些读书人，据说有的在新疆带兵，回乡省亲都是坐八人大轿。每逢过年，那寨子里家家宰牛，牛叫声此起彼落，牛皮商也最喜欢往那里钻。

不仅鸡头吃谷鸡尾出粪的说法，一直在暗暗流传使两寨生隙，而且鸡尾寨去年一连几胎都生女崽，还生了什么葡萄胎，也是两寨不和的原因。有人说，鸡尾寨路口的一口水井和一棵樟树，就是保佑全寨的阳根和阴穴，是寨子里发人的保障。一年前有鸡头寨的某后生路过那里，上树摸鸟蛋，弄断一根枝丫，不就伤了鸡尾寨的命根？那后生还往井里丢了一只烂草鞋，不就是闹出什么葡萄胎的根由？……眼下，旧恨未消新仇又起，贼坯子们还要炸掉鸡头峰，也太歹毒了吧？

双方初次交手，是在两寨交界处吵了一架，还动起了手脚。鸡尾寨有人受伤，脑袋上留下一条深沟，嘴里大冒白色泡沫。鸡头寨也有人挂彩，肠子溜到肚皮外，带血带水地拖了两丈多远，被旁人捡起来，理成一小堆重新塞回肚囊。

不得了啦，不得了啦。寨子里锣声大震，人人头上都缠着白布条，家家大门上都倒挂着一条长裤，祖宗牌位前还有人们咬破手指洒下的血迹。这都是决一死战的表示。看着大人们忙着扛树木去寨前堵路设障，或是在阶前嚯嚯地磨刀，丙崽倒是显得很兴奋，大概把热闹当成了过年的景象。他到处喊"爸爸"，摇摇摆摆地敲着一面小铜锣，口袋里装有红薯丝，掏出来一两根，就撒落了三四根，引来两条狗跟着他转。他对仲裁缝家的老黑狗会意地一笑，又朝两棵芭蕉树哇的叫嚣了一声，看见前面有一头牛，又低压着脑袋，朝那边一顿一顿地慢跑。

几个娃崽也在路口疯玩，看见了他。

"视，宝崽来了。"

"他没有叔叔，是个野崽。"

"吾晓得，渠是蜘蛛变的。"

"根本不是，渠的妈妈是蜘蛛变的。"

"要渠磕头，好不好！"

"不，要渠吃牛屎，吃最臭最臭的！啊呀，臭死人！"

……

丙崽朝他们敲了一下锣，舔舔鼻涕，兴奋地招呼："爸爸爸——"

"哪个是你爸爸？呸，矮下来！"

娃崽们围上去，捏他的耳朵，把他揪到一堆牛屎前，逼他跪下去，鼻尖就要顶着牛粪堆了。"张嘴，你张嘴！"他们大喊。

幸好来了一群大人，才使娃崽们停止胡闹，遗憾地一哄而散。但丙崽还在那里久久地跪着，发现周围已无人影，才爬起来朝四下看看，咕咕哝哝，阴险地把一个小娃崽的斗笠狠狠踩上几脚，再若无其事地跟上人群，去看热闹。

大人们牵来了一头牛，牛身上的泥片已被洗刷干净了，须毛清晰，屁股头的胯骨显得十分突出。湿滑的牛嘴一挪一磨，散发出来自胃里的一种草料臭。

　　一个汉子提着大刀走过来，把刀插在地上，脱光上衣，大碗喝酒。那刀也令丙崽感到新奇。刀被磨得铮亮，刀口一道银光，柔顺而清凉，十分诱人。有花纹的刀柄被桐油擦得黄澄澄的，看来很合手，好像就要跳到你手上来，不用你费什么气力，就会嚓嚓嚓地朝什么东西砍去。"吉辰已到，太上显灵——"随着有人一声大呼，锣鼓齐鸣，鞭炮炸响。那汉子已经喝完酒，叭的一声，砸了酒碗，拔起刀来，一跺脚，一声嘿，手起刀落，牛头就在地动山摇之间离开了牛身，像一块泥土慢慢垮下来。牛角戳地之时，牛眼还圆圆地睁着，牛颈则像一个西瓜的剖面，皮层裹着鲜鲜的红肉——没有头的牛身还稳稳站了片刻。

　　娃崽们吓了一跳。他们不知道，为什么当牛身最终向前扑倒的时候，大人们都会一齐欢呼起来：

　　"赢了！"

　　"我们赢了！"

　　"我们赢定了！"

"拍死姓罗的那些臭杂种——"

……

其实这是一种战前预测方式。据说当年马伏波将军南征，每次战斗之前都要砍牛头问凶吉，如牛向前倒，就是预示胜利，若牛向后倒，就得赶快撤兵。

人们的欢呼太响亮了，吓得丙崽上嘴唇跳了一下，咕咕哝哝。他看见有一缕红红的东西，从大人们的腿下流出来，一条赤蛇般地弯弯曲曲急蹿。他蹲下去捏了捏，感到有些滑手，往衣上一抹，倒是很好看。不一会，他满身满脸就全是牛血。大概弄到嘴里的牛血有些腥，小老头翻了个白眼。

丙崽娘也提了个篮子来，想看看牛肉怎么分。听人家说，没人上阵的人家没有肉吃，正噘着嘴巴生气。一眼瞥见丙崽这血污污的全身，更把脸盘气大了。"你要死，要死呵?"她上前揪住小老头的嘴巴，揪得他眼皮往下扯，黑眼珠转不过来，似乎还望着祠堂那边。

"×吗吗。"

"又要老子洗，又要老子洗，你这个催命鬼要磨死我呵? 还不如拿你去祭了谷神，也让老娘的手歇上几天呵。"

"×吗吗×吗吗。"

她把丙崽像提猫一样提回家去。

整整一天，丙崽没有衣穿，全身赤条条。他似乎还知道点羞耻，没有出门去巡游，只是听到远处急促地敲锣，也敲几下自己的小铜锣。看见妇女们哭哭泣泣燃着香火去祠堂，他也在水沟边插上一排树枝，把一堆牛粪当作叩拜的对象。不知什么时候，他倒在地上睡了一觉。醒来时觉得寨子里特别安静，就再睡了一觉，直到斜斜的夕阳投照在他身上，把他全身抹出了一片金色。

他醒来的时候，发现自己在祠堂的大瓦盖下，嘈杂的脚步声，叫骂声，哭嚎声，铁器碰撞声，响在他的周围。借着闪闪烁烁的松明子，他看不清这里的全景，只见男女老幼全是头缠白布，一眼望去，密密的白点起起伏伏飘移游动。好些女人互相搀扶着，依靠着，搂抱着，哭得捶胸顿足，泪水湿了袖口和肩头。丙崽娘一屁股坐在地上，不时用袖口去擦眼睛，也把眼圈哭红了，显得一张娃娃脸很纯真了。她坐在二满家的媳妇旁，用力收缩鼻孔，捉住对方的手，用外乡口音说："人生一世，草木一秋，去也就去了。你要往开处想，呵？你还有后，有兄弟，有爷娘。吾呢，那死鬼不知是死是活，一个丙崽也当不得正人用的，比你还苦十倍呵。"

她劝别人莫哭，自己却带头大哭，使对方更加泪水横飞。

"打冤家总是有个三长两短。早死也是死，晚死也是死。早死早投胎，说不定投个富贵人家，还强了。呵？"

对方还是哭出奇怪声调，听上去是剪刀在玻璃上划出的尖声。

大概想到了什么伤心事，丙崽娘拍着双膝更加大放悲声，哭得自己头上的白布条在胸前滑上去，又滑下来。"吾那娘老子哎，你做的好事呀！你疼大姐，疼二姐，疼三姐，就是不疼吾呀！你做的好事呀，马桶脚盆都没有哇……"

这就不知道是什么意思了。

正堂里烧了一堆柴火，噼噼啪啪炸出些火光。靠三根大树支着，一口大铁锅架在火上，冒出咕咕嘟嘟的沸腾声，还有腾腾热气冲得屋梁上的蝙蝠四处乱窜。人们闻到了肉香，但人们也知道，锅里不光有猪肉，还有人肉。按照打冤家的老规矩，对敌人必须食肉寝皮，取尸体若干，切成了一块块，与猪肉块混成一锅，最能让战士们吃出豪气与勇气。当然，猪肉油水厚一些，味道鲜一些。为了怕人们专挑猪肉，也为了避免抢食之下秩序混乱，肉块必须公平分配，由一个汉子站在木凳上，抄一杆梭镖往锅里胡乱去戳，戳到什么就是什么，戳给谁谁就得吃。这叫吃"枪头肉"。

前面已经有人吃开了。有的吃到了肺，不知是猪肺还是人肺。有的吃到了肝，不知是猪肝还是人肝。有的吃到了猪脚，倒是吃得很安心。有的吃到了人手，当下就胸口作涌，哇的一声呕吐出来。

柴火的热气一浪浪袭来，把前排人的胸脯和胯裆都烤烫了，使他们不由自主往后挪。油浸浸的那杆梭镖映着火光，油浸浸的发亮，不时从锅里带出一点汁水，就零零星星洒下三两火珠，落入身影后的暗处。一个赤膊大汉突然站起来，发疯般地大叫一声："给老子上人肉！老子就是要吃罗老八的脔心肝肺……"

几个不甘示弱的汉子也站起来：

嚼罗老八的骨头！

嚼罗老八的脚筋！

老子要拿罗老八的鸡巴伴辣椒！

……

场面有点乱。人影错杂之际，火光把人影投射在四壁和屋顶，使那些比真人放大了几倍乃至十几倍的黑影，一下被拉长，一下被缩短，忽大忽小，忽胖忽瘦，扭曲成各种形状。

"德龙家的，过来！"

叫到丙崽娘的名字了。她哭得泪眼糊糊的，还在连连拍膝，"吾不要哇，吃命哇……"

"碗拿来。"

"罗老八是我接生的哇，他还喊我干娘哇……"

"德龙家的，你娘的×吃不吃？丙崽，你吃！"

丙崽穿着开裆裤，很不耐烦地被旁人推到前面，很不情愿地从旁人手里接过一个碗。他抓起碗里一块什么肺，被烫了一下，嗅了一嗅，大概觉得气味不好，翻了个白眼，连碗带肺都丢了，朝母亲怀里跑去。

"你要吃！"有人把肺块捡起来，重新放在碗里。

"你非吃不可！"很多油亮亮的大嘴都冲着他叫喊。

一位白胡子老人，对他伸出寸多长的指甲，响亮地咳了一声，激动地教诲："同仇敌忾，生死相托，既是鸡头寨的儿孙，岂有不吃之理？"

"吃！"掌竹扦的那位汉子，把碗再次塞到他怀里，于是屋顶上出现了一个无比巨大的手影。

丙崽看着屋顶上的黑影，哇的一声哭了。

六

仁宝下山耍了几日，顺便想打打零工，交交朋友。
要是机会好，找个机会做上门女婿也不错。他听说前几
天有一队枪兵从千家坪过，觉得太好了。嘿，这不就是
要开始了么？可枪兵过就过了，既没有往鸡头寨去改天
换地，也没邀他去畅谈一下什么理想，使他相当失望。
倒是有一个买炭的伙计从山里慌慌地出来，说鸡头寨与
鸡尾寨行武了，还说马子溪漂下来了一具尸体，不知为
什么脚朝上头朝下，泡得一张脸有砧板大，吓死人……

仁宝吓了一跳：还果真打起来了么？

他在外面人缘很广，在鸡尾寨也有一位窑匠朋友，
一位铜匠朋友，一位教书匠朋友，堪称莫逆，不可伤情
面的。如今打什么冤家呢？同饮一溪水，同烧一山柴，
大家坐拢来喝杯酒吃碗肉不就结了？

仁宝回到了寨子里，发现父亲脸色苍白，重伤在
床——那天他去坐桩，被一个砍柴的发现，把他救了回
来，但下体的伤口一时半刻封不了疤。

"不是渠不孝，仲爹何事会寻绝路？"

"坐桩没死成，兴怕也会被气死。"

"崽大爷难做，没得办法呵。"

"你看渠个脸相，吊眉吊眼的，是个克爹的种。"

"他娘故得那样早，恐怕也是被克的吧？"

……这一类话，从耳后飘来，仁宝不可能没听到。他跪在老爹的床前，抽了自己几个耳光，在地上砸出几个响头，又去借谷米给仲裁缝做了一顿干饭。见裁缝还是不理他，便毫无意义地扫了扫地，毫无意义地踩死了几只蚂蚁，毫无意义地把马灯罩子再研究了片刻，快快地往祠堂而去。

祠堂门前一圈人，都头缠白布条，正谈论着打冤家的事。这似乎是仁宝重建形象的好机会，只是大家都红了眼，红得仁宝也有几分激动，一开腔竟完全忘了自己回寨子来的初衷。"鸡头峰嘛，这个，当然么，是可以不炸的。请个阴阳先生来，做点关口，什么邪气都是可以破掉的是不是？"他显出知书识礼的公允，"不过话说回来，说回来。他们姓罗的明火执仗打上门来，也欺人太甚不是？小事就不要争了，不争了——"他闭着眼睛拖出长长的尾音，接着恶狠狠扫了众人一眼，"但我们要争口气，争个不受欺！"

"仁宝说得对，我们被他们欺侮太久了！"一个汉子说。

仁宝受到鼓舞，说得更为滔滔不绝："人心都是肉长的，总得讲个天地良心吧？莫说是你们，我对鸡尾寨的人怎样？他们来了，我冲豆子茶，豆子是要多抓一把的。到时候吃饭，我油盐是要多下一些的。怎么能翻脸不认人呢？树活一张皮，人活一口气，对这样不知好歹的畜生，你还有什么道理可讲？……"

打冤家的正义性，由他以新的方式再次解说。众人如果不觉得他的道理有多新鲜，至少觉得那恶狠狠的扫视还是很感人。他眯着眼睛看出这一点，看到自己忤逆不孝和怕死躲战的恶名几乎消除，更为兴高采烈，把衣襟嚓的一下撕开，抢起一把山锄，朝地上狠狠砸出一个洞，"量小非君子，无毒不丈夫。呸！老子的命——就在今天了！"

他勇猛地扎了扎腰带，勇猛地在祠堂冲进冲出，又勇猛地上了一趟茅房，弄得众人都肃然起敬。

从这一天起，他似乎成了个预备烈士，总像要开始什么大事，在寨子内外无端地游来转去，好像在巡视哨卡，又好像在检查熬硝一类备战工作，无论看一棵树还是一块岩石，都锁着眉头目光凝重，有种出征临战之际壮士一去不复还的肃穆。转悠完了，他见人就心情沉重地嘱托后事："金哥，以后家父就拜托你了。我们从小就像嫡亲兄弟，不分彼此的。那次赶肉，要不是你，吾早就命归阴府了。你给吾的好处，吾都记得的……"

"二伯爷，腰子还阴痛么？你老要好好保重。以前很多事只怪吾没做好。吾本来要给你砍一屋柴火，但来不及了。那次帮你垫楼板，也没垫得齐整。往后的日子里，你想吃就吃点，要穿就穿点，身子骨不灵便，就莫下田了。侄儿无用，服侍你的日子不多了，这几句还是烦请你把它往心里去……"

"庆嫂子，有件事早就想找你说一说。吾以前做了好些蠢事，有对不起你的地方，你千万莫记恨。有一次我偷了你的两个菜瓜，给窑匠师傅吃了，你不晓得。现在吾想起来，脔心蒂子都是痛的。吾今日特地来说声得罪了，对不起呵。你要咒就咒，你要打就打……"

"幺姐……你……你在洗衣么？这一次实在是没办法了。你千万莫难过，千万莫伤身子。吾是个没用的人，文不得，武不得，连几丘田也做不肥。不过人生一世，总是要死的。这一点我明白。八尺男儿，报家报国，义不容辞。你话呢？好些事眼下也没法讲了。反正只要你心里还有一个石仁哥，我也就落心落意去了。你千万……硬朗点，形势总会好的。吾这就告辞了……"

他很能克制悲伤，不时缩缩鼻子。

弄得连最讨厌他的幺姐也都有些戚戚然，泪水夺眶而出。"石仁，你不要这样，我以前也不是真恨你……"

"不，吾决心已定。"他低着头，望着路边一块破瓦片。

"不是说不打了吗？"

"你也相信？"他悲壮地一笑。

几天下来，大家都不知道他要干什么，不知道他马上要干什么。听见他的皮鞋子还是在石阶上响来响去，发现他还没有去赴汤蹈火。好在寨子里这一段很乱，又是鸡上屋，又是牛吃禾，又是办丧事和操武艺，众人没顾上研究这位大英雄。甚至也慢慢习惯了。要是他不忙，众人还会觉得少了点什么，有什么地方不对劲。

这一天，从鸡尾寨传来消息：对方准备告官。这样鸡头寨也得有所准备，仁宝在外面的脚路广，更得有所作为才对。不过他并没有同官府打过交道，对文书款式没有太多把握。两位老人想了想，记起仲裁缝说过的什么，对提笔的那位说："兴许，叫禀帖吧？"

仁宝想起了什么，摇摇手："不是不是，叫报告。"

"禀帖吧？"

"是报告。"

"总得有上有下，要讲点礼性。"

"要讲礼性，报告就最礼性了。"仁宝宽容地一笑，"没错的，没错的。"

"你去问你叔叔。"

"他只懂些老皇历，晓得个屁呵。"

"你读过好多书？他读过好多书？"

"现在还读什么书？下边人都看报纸了。"

"下边人打个屁也是香的？什么报告不报告，听起来太戳气了。"

"伯爷们，大哥们，听吾的，绝不会错的。昨天落了场大雨，难道老规矩还能用？我们这里也太保守了，真的。你们去千家坪视一视，既然人家都吃酱油，所以都照镜子，都穿皮鞋。你们晓不晓得？松紧带子是什么东西做的？是橡筋，这是个好东西。马灯烧的是什么东西？是汽油，也是个好东西。你们想想，还能写什么禀帖么？

正因为如此，我们就要赶紧决定下来，再不能犹豫了，所以你们视吧。"

众人被他"既然""因为""所以"了一番，似懂非懂，半天没答上话来。想想昨天确实落了雨，就在他"难道"般的严正感面前，勉强同意写成"报帖"。

接下来又发生一些问题。老班子要用文言写，他主张用什么白话写；老班子主张用农历，他主张用什么公历；老班子主张在报告后面盖马蹄印，他说马蹄印太保守了，太难看了，太污浊了，只能惹外人笑话，应该以什么签名代替。他时而沉思，时而宽容，时而谦虚地点头附和——但附和之后又要"把话说回来"，介绍各种新章法和新理论，俨然一个通情达理的新党。

"仁麻拐，你耳朵里好多毛！"丙崽娘忍无可忍，突然大喊了一声，"你哪来这多弯弯肠子？四处打锣，到处都有你，都有你这一坨狗屎！"

"婶娘……"仁宝嘿嘿一笑。

"哪个是你婶娘，呸呸呸……"丙崽娘抽了自己嘴巴一掌，眼眶一红，眼泪就流出来，"你晓得的，老娘的剪刀等着你！"

说完拉着丙崽就走。

人们不知丙崽娘为何这样悲愤，不免悄声议论起来。仁宝急了，说她是个神经病，从来就不说人话么。然后忙掏出几皮烟叶，一皮皮分送给男人们，自己一点也不剩。加上一个劲地讨好，他鸡啄米似的点头哈腰，到处拍肩膀和送笑脸，慷慨英雄之态荡然无存。事后一个汉子揪住仁宝逼问："你对德龙家的到底怎么样了？她硬是吃得下你。"仁宝捶胸顿足地说："老天在上，我能怎么样？她是我婶娘，一个禾场滚子。我就是鸡巴再骚，不怕她碾死我？"汉子上下打量仁宝一眼，还是半信半疑。

七

告官的代表从千家坪回来，说官府收是收下了报帖，但还得派人上山来查勘事实，才能最终断案。不过从办案官的脸色来看，好像是凶多吉少。且不说鸡尾寨人脉广，在官场里有关系，就是说话这一条，鸡头寨也不占上风。他们的口音别出一格，办案官听着听着就发脾气："你们说些什么话？把舌头扯直了再说好不好？"

爹妈给的舌头就是这样，还要怎么个直法？

"下次再在公堂上讲鸟语，先掌嘴三十！"办案官又说。

加上三位代表一到千家坪就水土不服，又是胸闷，又是头晕，又是呕吐拉稀，这官司看来是太不好打，也打不下去的。他们十张嘴顶不了仇家的一张嘴，这官司还能打么？难怪仲裁缝说过，先民有仇不动朝不告官，是祸是福从来都自己扛，那才是好汉。

告官叫做走"舌道"，叫做文胜。行武叫做走"牙道"，叫做武胜。到底是要用舌还是要用牙，寨子里分成两派意见，一时无法统一。有个后生突然想起了一件事，说那天杀牛以占胜败，结果并不灵。倒是丙崽当时在场咒了句"×吗吗"，像是给了个坏兆头，却灵验了……这不十分可疑吗？这一想，大家都觉得丙崽神秘。丙崽有一次从山崖上滚下来，不但没有死，还毫发未损，不是神了吗？丙崽有一次被棋盘蛇咬了一口，不但没有倒地立毙，还活蹦乱跳手舞足蹈追着蛇要打，不是更神了吗？这样一件大神物，只会说"爸爸"和"×吗吗"两句话，莫非就是泄露天机的阴阳二卦？

大家都觉得是这个理，于是连忙取来一架滑竿，就是两根竹子夹一张椅子，把丙崽抬到祠堂前。香火也即刻点燃。

"丙相公……"

"丙大爷……"

"丙仙……"

汉子们伏拜在他面前,紧紧盯住他,对他额上的抬头纹充满希望。

丙崽刚坐过滑竿,十分快活,脸上笑纹舒展,鼻涕炸了一个泡。他把停止不动的滑竿踢了一脚,发现它还是不再动,翻了个白眼。

实在不好理解。

是不是他要高兴了才会显灵?有人狠狠心,把家里珍藏很久的一块粽粑找来,贡献给鸡头寨第一大高人。丙崽这才兴奋起来,急急地掰粽粑,没抓稳,掉了一块,其实就掉在他右脚边,但他脑袋转起来不灵便,轮着眼皮居然朝左边望去。这样个吃法,是吃一半掉一半。每掉一块,他照例去找,照例找错了方向。有时也能阴差阳错,发现了前几次掉下的碎粑,他捡起来就往嘴里塞。

他拍拍巴掌,听见了麻雀叫,仰头轮了个方向不够准确的白眼。最后指定了一个方向:"爸爸。"

好,终于有了结果。照事先的约定,他叫"爸爸"就意味着舌道,意味着官司还得继续打。主张用舌的一派

因此欢欣鼓舞，一颗悬心总算落到实处。不过，主张牙道的一派还是犹疑，一再琢磨丙崽的其他意思。比方他手里的粽粑总是掉了一半，就没什么意味吗？嘴里吹了一个涎泡，又是什么含义？至于他的手指朝上，所指之处有祠堂一个尖尖的檐角，向上弯弯地翘起，像一只黑色老凤举翅欲飞。那不会是更重要的指点吧？

"渠是指麻雀，还是指树？"

"不，是指屋檐。"

"檐和言同音，是不是说要言和？"

"胡说，檐和炎同音，双火为炎么。他是说要用火攻。"

争了半天，天意又变得茫然难测。

不管是出于天意还是人意，这一天战端再起。鸡尾寨的人主动杀上山来。先是浓烟滚滚，大概是有人故意放火，大火顺着南风，很快就烧焦了鸡头寨的前山，直烧得鸟雀乱飞，一根根竹子炸得惊天动地，黑黑的烟灰到处降落。要不是侥幸碰上一场雨，整个寨子连同后山以及更多的山林，恐怕都得惨遭毒手。接下来，一伙满脸涂着血污的男女，据说嘴里念着刀枪不入的金刚咒，据说头上淋了驱邪避祸的狗血酒，越过大木横陈的路卡，操持刀枪哇哇哇往上冲，如同阎王殿开了大门。他们与迎战的壮丁们混成一团，又砍又劈，又戳又刺，又揍又踢，又咬又啃，经常分不清你我敌友。杀红了眼的时候，一锄头挖到自家人也是难免的。看花了眼的时候，对着一个树蔸大砍大杀也有可能。杀呵，杀呵，杀呵——杀你猪婆养的——杀你狗公肏的——在那一刻，一颗离开了身子的脑袋还在眨眼。一截离开了胳膊的手掌还在抓挠。一具没有脑袋的身子还在向前狂跑。很多人体就这样四分五裂和各行其是。

黑红色或淡红色的鲜血，迅速喷红了草坡和田土，汇入了干枯的沟渠……这一天夜里，特别安静。

活下来的人似乎被遍地鲜血吓蒙了，震呆了，已经不知道哭泣，已经没有泪水。只有竹义家的媳妇疯了，在寨子里走一路就笑一路，唱一路戏文。

一些骨瘦如柴的狗异常活跃，被空气中的血腥味刺激得呜呜乱叫，须毛奋张，两耳竖立。它们也许太饿了，纷纷挤出门缝和跳越石墙，身体拉成一条直线，向血腥味狂射而去，在草坡上或溪沟里找到尸体，撕咬着，咀嚼着，咬得骨头咯咯咯脆响。一只只狗很快就吃得肚大肥圆，打着饱嗝，眼睛红红的，在茅草中蹿来蹿去时闹出很大动静。它们所到之处都会有血迹。肉块也被它们叼得满处都是。有时你去灶房，无意中搬开一捆柴火，也许会发现柴弯里滚出一只陌生的手或者脚。

把人肉吃习惯以后，它们对活人也变得很有兴趣，总是心怀叵测地跟着人影。尤其是见到有人吵架，音容有些异样，它们就会盯住不放，大大方方地露出尖牙，长长的舌头活泼得像一条飘带，一片水波，等待着什么结果发生。据说竹义家的阿公有次在树下瞌睡，竟被狗误认成尸体，把他大咬了一口。

丙崽把一泡屎拉在椅子上了。

丙崽娘照例唤狗来舔："呵哩——呵哩——呵哩——"

狗来了，嗅一嗅，又舔舔舌头走了，似乎对粪便已丧失热情。它们刚才听到召唤，不得不来敷衍一下，只是不想在主人面前过于趾高气扬，显得它们富贵并不忘旧情。

于是寨子里屎多了，苍蝇多了，到处都臭起来。丙崽娘遇到二满家的媳妇，缩了缩鼻子，"你身上怎么有股臭味？"

竹义家的瞪大眼，"怪事，是你身上臭。"

两人嗅了一阵，发现大家手都是臭的，袖口也都是臭的，连棒槌和竹篮也有股怪味，这才恍然大悟：原来空气早就臭了，连嘴里说出的话都像放屁。

丙崽娘一直自诩自己娘家是大户，最为干净整洁，因此她从来活得与众不同，即便适逢乱世，即便眼下差不多家家举丧，她还是贵人习惯依旧，带上草把和茶枯，把丙崽拉到水井边狠狠擦洗。但她腹中的米粮实在太少，以前吃下的胞衣也不管用，只是洗净了丙崽的屁股，裤子与椅子上的臭味却怎么也洗不掉。她喘着气，翻着白眼，两眼一黑便歪歪地倒下。

不知自己是怎样醒来的，是怎样摸回家的。没有被狗咬，恐怕就是万幸。她听着窗外的激情狗吠，望着蚊帐上和墙上密密麻麻的苍蝇，伤心地号啕大哭起来："吾那娘老子哎，你做的好事呀。你疼大姐，疼二姐，疼三姐，就是不疼吾呀，你怎么把吾丢到这个黄连罐里来了，一丢就是几十年哇……"

丙崽怯怯地看着她，试探着敲了一下小铜锣，想使她高兴。

她望着儿子，手心朝上推了两把鼻涕，慈祥地点头："来，坐到娘面前来。"

"爸爸。"儿子稳稳地坐下了。

"你一定不能死，你一定要活下去。伢呵，你要去找你那个砍脑壳的鬼！"

她咬着牙关，两眼像对对眼，黑眸子往鼻梁挤，眸子之外有一圈宽宽的眼白，让丙崽有些惊慌。

"×吗吗。"他轻声试了一句。

"你要去找你爸爸，他叫德龙，淡眉毛，细脑壳，会唱些瘟歌。"

"×吗吗。"

"你记住，他兴许在辰州，兴许在岳州，有人视过他的。"

"×吗吗。"

"你要告诉那个畜生，他害得吾娘崽好苦呵。你天天被人打，吾天天被人欺，人家哪个愿意正眼朝我们看一眼？要不是祠堂里的一份猫粮，吾娘崽早就死了。要不是你娘不要脸，把一张脸皮任人踩，吾娘崽也早就死了。你要一五一十都告诉那个畜生——"

"×吗吗。"

"你要杀了他！"

丙崽不吭声了，上嘴唇跳了跳。

"吾晓得，你听懂了，听懂了的。你是娘的好崽。"丙崽娘笑了，眼中溢出一滴泪。

她轻轻拍着丙崽，把对方哄睡了，然后挽着个菜篮，一顿一顿地上山去，大概是去采野菜。但她再也没有回来。后来有各种传说，有的说她被蛇咬死了，有的说她被鸡尾寨的人裁了，还有的说她碰上岔路鬼，迷了路，丢了魂，最后摔到山崖下……据说有人看见过她的一只鞋子挂在树上。

这些都无关紧要。寨子里已经减少很多人，再减少一个，不是什么大不了的事。只是丙崽一直在等母亲归来。太阳下山，石蛙呱呱地叫，门前小道上的脚步声渐稀，他还没有见到那张熟悉的面孔。好像有很多蚊子，咬得他全身麻麻地直炸。小老头使劲地挠着，挠出了血，愤怒起来。他要报复蚊子，便把椅子推倒，把茶水泼在床上，把柴灰灌到吊壶里。一块石头砸过去，铁锅也叭的一声裂开。他颠覆了一个世界。

一切都沉入暗夜中，门外还是没有熟悉的脚步声。只有寨子里的隐隐哭声，有邻居木楼里麻子脸裁缝断断续续的呻吟。

小老头在蚊虫的包围下睡了一觉，醒来后觉得肚子饿，踉踉跄跄地走出寨子。月亮很圆，很白，浓浓的光雾照得遍地如白昼，连对面山上每棵树和每棵草，似乎也能看得一清二楚。溪那边，哗哗响处有一片银光灼灼的流水，大片银光中有几团黑影，像捅出了几个洞，其实是雄踞水中的巨石。石蛙已经沉寂，大概它们也睡了。但远处不知何处传来的密集狗吠，像传说着什么夜里发生的大事。

丙崽咬着指头继续走。妈妈曾带着他出外接生孩子。也许妈妈现在就在那些地方，他要去找。他在月光下走着，在笼罩大地的云雾之中走着，上身微微前倾，膝盖悠悠地一晃一晃，像随时可能折断。不知过了多久，不知走了多远，他踢到了一个斗笠，又踢到了一个藤编的盾牌，空落落地响。他咕噜了几声，撒了一泡尿，把盾牌狠踩了一脚。他发现前面躺着一个人，是女的，有散乱的长发，但丙崽从来没有见过。他摇了摇她的手，打她的耳光，扯她的头发，见她总是不能醒来。他手摸女人的乳房，知道这肥大的东西可以吃，便捧着它吸了几口，不过没吸到什么滋味，只好扫兴地撒手。他发现这个女人的腹部很柔软，有弹性，便骑上去，又是后仰又是上跳，感觉自己瘦尖尖的屁股十分舒服。

"爸爸。"小老头累了，靠着肥大乳房，靠着这个很像妈妈的女人睡了。两人的脸都被月光照得如同白纸。还有耳环一闪。

八

"爸爸。"

丙崽指着祠堂的檐角傻笑。

檐角确实没有什么奇怪，像伤痕累累的一只欲飞老凤。瓦是窑匠们烧制的，用山里的树，用山里的泥，烧出这只老凤的全身羽毛。也许一片片羽毛太沉重，它就飞不起来了，只能静听山里的斑鸠、鹧鸪、画眉以及乌鸦，静听一个个早晨和夜晚，于是听出了苍苍老态。但它还是昂着头，盯住一颗星星或一朵云。它肯定还想拖起整个屋顶腾空而去，像当年引导鸡头寨的祖先们一样，飞向一个美好的地方。

两个后生从祠堂里抬着大铁锅出来，见到丙崽不禁有些奇怪。

"那不是丙崽吗？"

"渠的娘都死了，渠还没死？"

"八字贱得好，死不到渠的头上。"

"怕是阎王老子忘记了。"

"听说渠从崖上跌下来，硬是跌不死。我就不信。"

"再让他跌一次，如何？"

"这个小杂种，上次还吃粽粑。"说话者是指丙崽曾经荣任大仙，享受过特殊优待，因此气不打一处来。

"就是，我们都吞糠咽菜，渠当了官呵？还可以吃粽粑，只怕还要八道酒席？"

两个后生放下锅，大步闯上前来，先把丙崽的全身搜了一遍，没发现红薯丝也没发现包谷粒。其中一位本就窝火，见丙崽坐瘪了他的斗笠更是火冒三丈，伸手一抹，根本没用什么气力，丙崽就像一棵草倒下了。另一位抽出尖刀顶住他的鼻尖，唾沫星飞到丙崽脸上："快，抽自己的嘴巴！你不抽，老子剥了你，煮了你！"

"敢！"

身后冒出冷冰冰的声音，两个后生回头看，是铁青的一张麻脸。

仲裁缝是最讲辈分的，伸出两个指头，剑指两个后生的鼻子："渠是你们叔爹，高了两个辈分，岂能无礼？"

后生立刻想到了自己的地位，想到仲裁缝还是丙崽的伯伯，立刻避开怒目交换了一个眼色，老老实实抬锅去。

仲裁缝向家里走去，想了想，又回转身对侄儿伸出巴掌："手！"

丙崽往后躲，翻了个白眼，不像是看他，只是看他头上的一棵树。他全身紧张得直颤抖，上嘴唇跳了跳，是试图压住恐惧的勉强一笑。

他的手太冷，太瘦，太小，简直是只鸡爪。仲裁缝抓住它，如同抓住一块冰，不觉全身颤了一下。他帮丙崽抹了抹脸，赶走对方头上几只苍蝇，扣好对方两个衣扣。这件衣不知是谁做的——他从来没给亲侄儿做过衣。

"跟吾走。"

"爸爸。"

"听话。"

"爸爸。"

"谁是你爸爸？"

"×吗吗。"

"畜生！"

……

裁缝不再看他，只是牵着他，默默地走下坡。不知为什么，看着空空荡荡的寨子，裁缝突然想起自己做过的很多很多衣，长的，短的，肥的，瘦的，艳的，素的，一件件向他飘来，像一个个无头鬼，在眼前摇来晃去。包括那天他看见鸡尾寨的一具尸体，上面的衣不也是出自他一双手？——他认得那针脚，认得那裁片。想到这里，他把丙崽的小爪子抓得更紧，"不要怕，吾就是你爸。你跟吾走。"

几条狗兴冲冲地跟着他们。

山里有一种草，叫雀芋，味甘，却很毒，传说鸟触即死，兽遇则僵。仲裁缝今天已采来雀芋半篮，熬了半锅汤水。事情看来只能这样了：寨里已多日断粮，几头牛和青壮男女，要留下来做阳春，繁衍子孙，传接香火。老弱病残就不用留了吧，就不要增加负担了吧？族谱上白纸黑字，列祖列宗们不也是这样干过吗？仲裁缝经常念及自己生不逢时，无功无业，愧对先人，今天总算以一锅毒药殉了古道，也算是稍稍有了些安慰。

裁缝先把丙崽带到药锅前，摸了摸对方的头，给他灌了半碗药汤。

"爸爸。"大概觉得味道还不错，丙崽笑了。

仲裁缝拍拍丙崽的肩，也舒心地笑了，带着他走向其他人家。他们沿着一条石阶，弯弯曲曲地升高，走过路旁石块垒成的矮墙，走过路旁厚重的木柱和木梁。矮墙缝中伸出好些杂草和野花，招引着蜻蜓蝴蝶。有些家户还没有盖房，只有路边的屋基，立了些光溜溜的木柱和横梁。大梁上飘动着避邪的红纸。

几条狗还是跟着他们。

裁缝提着木桶，知道药汤应该送往哪些人家。那些人家似乎也早知约定。见到裁缝与丙崽来到门前，老人们都摆上空碗，在大门边静静等待。

"时辰到了？"

"到了。"

"多舀点吧。"

"小半碗就够。"

"我怕不牢靠。"

"你放心，放心。"

元贵老倌扶着拐杖上来请求："仲满，吾还想去铡把牛草。"

裁缝说："你去，不碍事的。"

老人颤颤抖抖地走了，铡完草，搓搓手，又颤颤抖抖地回来。接过大陶碗，喉头滚动了两下，就喝光了药汤。胡须上还挂着几点水珠。

"仲满，你坐。"

"不坐了。今天天气好燥热。"

"嗯啦，好燥热。"

另一位老人抱着一个瞎眼小奶崽，给仲裁缝看了看，眼里旋着一圈泪。"仲满，你视视，兴许要给渠换件褂子？你连的那件，渠还没上过身。"

裁缝眨了一下眼皮，表示赞同。

老人转身回屋，不一会儿，让瞎眼奶崽穿着新崭崭的褂子，还戴着发亮的长命锁。老人枯瘦的手在新布上摸着，划出嚓嚓的响声。"这下就好了，这下就好了。让我孙儿到了阴间，好歹有个体面呵。"

"还是蛮合身的。"裁缝说。

"娃崽就是费衣。"

老人先给瞎眼奶崽灌了药汤，自己接着一饮而尽。

木桶已经很轻了，仲裁缝想了想，记起最后一位——玉堂爹爹，实际上是玉堂婆婆。这位老妇人总是坐在门前晒太阳，日长月久，如一座门神，已经老得莫辨男女。她指甲长长的，用无齿的牙龈艰难地勾留口水，皮肤如一件宽大的衣衫，落在骨架上。她架起的一条瘦腿，居然可以和另一条腿同时着地。任何人上前问话，她都听不见，只是漠然地望你一眼，向你展示白蒙蒙的眸子。

裁缝走到她正前面，她才感觉到身边有了人，昏浊的眼里闪耀着一丝微弱的光。她明白什么，牙龈勾一勾口水，指指裁缝，又指指自己。

裁缝知道她的意思，先向她跪下，磕了三个头，然后掰开对方的嘴巴，朝无牙的黑洞里灌下药汤。

老门神呛了两下，嘴角边挂着残汤。

在仲裁缝点燃的一挂鞭炮声中，在此起彼伏的狗吠声中，裁缝也喝下了药汤，然后抱着丙崽端坐在家门口。像其他老弱病残一样，他也面对东方。因为祖先是从那边来的，他们此刻要回到那边去了。在那里，一片云海，波涛凝结不动，被太阳光照射的一边晶莹闪亮，镶嵌着阴暗的另一边。几座山头从云海中探出头来，好像太寂寞，互相打打招呼。一只金黄色的大蝴蝶从云海中飘来，像一闪一闪的火花，飘过永远也飞不完的群山，最后飘落到鸡头寨，飘落在一头老黑牛的背上——似乎是世界上最大的一只蝴蝶。

两天之后，鸡尾寨的男人们上来了，还夹着一些女人和儿童。听说这边的人要"过山"，迁往其它地方，他们想来捡点什么有用的东西。官府的什么人也来过了。在官家人主持之下，鸡尾寨作为胜利的一方操办"洗心酒"，带来两只烤羊和两坛谷酒，让胜败两方都喝得脸红红的，互相交清人头，一起折刀为誓，表示永不报冤。

　　一座座木屋已经烧毁，冒出淡淡的青烟，只留下遍地焦土和一些破瓦坛，还暴露出各家各户无锅的灶台，一个个黑色的洞口。屋基窄狭得难以让人相信——人们原来就活在这样小的圈子里？酸甜苦辣的日子就交给了这样的洞穴？鸡头寨的青壮男女仍然头缠着白布条，目光黯淡，形容憔悴。他们准备上路了。一些外嫁的姑娘在这个时候也抛夫别子，回到娘家，决意跟随兄弟姊妹，今后要死要活都捆在一起。他们把犁耙、斧镰、锅盆、衣被、箱篓，都拴在牛背或马背上，错错落落形成一列长队。一个锈马灯壳子，咣咣地晃在牛屁股上。最后剩下来的十几只羊和几只狗，一声不吭地跟着主人，似乎也知道生活将重新开始。

　　作为临别仪式，他们在后山脚下的一排新坟前磕头三拜，各自抓一把故土，用一块布包上，揣入自己的衣襟。

在泪水一涌而出之际，他们齐声大喊"嘿哟喂"——
开始唱"简"：

……他们的祖先是姜凉。姜凉没有府方生得早。府
方没有火牛生得早。火牛没有优耐生得早。优耐没有刑
天生得早。他们原来住在东海边，后来子孙渐渐多了，
家族渐渐大了，到处住满了人，没有晒席大一块空地。
怎么办呢？五家嫂共一个春房，六家姑共一担水桶。这
怎么活得下去呢？没有晒席大一块空地呵，于是大家带
上犁耙，在凤凰的引导下，坐上了枫木船和楠木船。

奶奶离东方兮队伍长，

公公离东方兮队伍长。

走走又走走兮高山头，

回头看家乡兮白云后。

行行又行行兮天坳口，

奶奶和公公兮真难受。

抬头望西方兮万重山，

越走路越远兮哪是头？

……

男女都认真地唱着，或者说是卖力地喊着。尤其是外嫁归来的女人们，更是喊得泪流满面。声音不太整齐，很干，很直，很尖利，没有颤音和滑音，一句句粗重无比，喊得歌唱者们闭上眼，引颈塌腰，气绝了才留一个向下的小小转音，落下尾声，再连接下一句。他们喊出了满山回音，喊得巨石绝壁和茂密竹木都发出嗡嗡嗡声响，连鸡尾寨的人也在声浪中不无惊愕，只能一动不动。

　　一行白鹭被这种呐喊惊吓，飞出了树林，朝天边掠去。

　　　　抬头望西方兮万重山，
　　　　越走路越远兮哪是头？

　　还加花音，还加"嘿哟嘿"。仍然是一首描写金水河、银水河以及稻米江的歌，毫无对战争和灾害的记叙，一丝血腥气也没有。

　　一丝也没有。

　　远行人影微缩成黑点，折入青青的山谷，向更深远的深山里去了。但牛铃声和马铃声，还有关于稻米江的幸福歌唱，还从无边的绿色中淡淡透出，轻轻地飘来，在冷冽的溪流上跳荡。溪水边有很多石头，其中有几块特别平整和光滑，简直晶莹如镜，显然是女人们长期捣衣的结果。这几面深色大镜摄入山间万象却永远不再吐露。也许，当草木把这一片废墟覆盖之后，野猪会常来这里嗥叫，野鸡会常来这里结窝。路经这里的猎手或客商，会发现这个山谷与其它山谷没什么不同，只是溪边那几块深色石块有点奇异，似有些来历，藏着什么秘密。

丙崽不知从什么地方冒出来了——他居然没有死，而且头上的脓疮也褪了红，净了脓，结了壳，葫芦脑袋在脖子上摇得特别灵活。他赤条条地坐在一条墙基上，用树枝搅着半个瓦坛子里的水，搅起了一道道旋转的太阳光流。他听着远方的歌声，方位不准地拍了一下巴掌，用很轻很轻的声音，咕哝着他从来不知道是什么模样的那个人：

"爸爸。"

他虽然瘦小和苍老，但脐眼足有铜钱大，令旁边几个小娃崽十分惊奇和崇拜。他们争相观看那个伟大的脐眼，友好地送给他几块石头，学着他的样，拍拍巴掌，纷纷喊起来：

"爸爸爸爸爸——"

一位妇女走过来，对另一位妇女说："这个装得潲水么？"于是，把丙崽面前那半坛子旋转的光流拿走了。

1985 年 1 月

女女女

韩少功

＊最初发表于 1986 年《上海文学》杂志，后收入小说集《诱惑》，已译成英文、法文、西文、韩文、荷文、意文等在境外出版。

一

因为她，我们几乎大叫大喊了一辈子。昨天楼下的阿婆来探头，警告我，说我家厨房的下水道又堵住了，脏水正往她那里渗哩。我大叫一声对不起，惊得她黑眼珠双双对挤。我似乎觉得有点什么不对劲，却无法控制自己，又声震耳鼓地请她坐下来喝茶什么的……结果她终于慌忙把头缩回门外，差不多是逃走。

唉，我总是叫喊，总是叫喊，总是吓着了别人。在餐桌边，在电话筒前，甚至在街头向妻子低语的时候——尤其当着面皮多皱头发枯白的妇人，我一走神，喉头就嘎的一下憋足了劲，总把日子弄得有点紧张，总以为她们都是幺伯，需要我叫叫喊喊地尊敬或不满。

其实，她们几乎都不是幺伯。不是。

幺伯就是幺姑，就是小姑。这是家乡的一种叫法。

家乡的女人用男人的称谓，我不知道这究竟是出于尊重还是轻蔑，不知道这是否会弄出些问题。正如我不知道幺姑现在不在我身边这件事，对我将有什么意义。已经有无边无际的两年，世界该平静了，不需要我叫喊了。我怀疑眼下我的听力是不是早已衰退，任何声音已经被我岩层般的耳膜滤得微弱，滤得躲躲闪闪。幺姑莫非也是这样聋的？据说她爹的耳朵也不管用，而祖爹五个兄弟中，也有两个聋子……这真是一个叫叫喊喊得极为辛苦的家族。

听不见，才叫喊？还是因为叫喊，才听不见呢？

两年了，世界上还有她遗留下的那双竹筷，用麻线拴着两个头，蒙有一层灰垢，在门后悬挂着，晃荡着，随着门的旋转，不时发出懒洋洋的嗒嗒数声。这就是幺姑永不消逝的声音。记得那一天，我最后一次寻寻常常地冲着她大吼："你切了手吗？"我赶进厨房，看见她山峰一样弯曲凸出的背脊，软和的耳垂，干枯的白发，还有菜刀下的姜片小金币似的排列——什么事也没有发生。

就是说，没有发现地下有手指头。但刚才我总觉得她喳的一声切了手指。当时我正在隔壁房里读着哲学。

她惊了一下，"水就快开了。"

"我是来看看你的手……"

"嗯，就烧热水，洗手的。"

聋子会圆话。她敏捷而镇定地猜译我的声音，试探着接上话头，存心要让人觉得这世界还是安排得很有逻辑和条理。我无意纠正她，已经这样习惯了，装得若无其事地回到自己房间里去。

那声音还在怯怯地继续。已经不是纯粹的喳喳——喳，细听下去，又像有嘎嘎嘎和嘶嘶嘶的声音混在其中。分明不像是切姜片，分明是刀刃把手指头一片片切下来了——有软骨的碎断，有皮肉的撕裂，然后是刀在骨节处被死死地卡住。是的，这只可能是切断手指的声音。她怎么没有痛苦地叫出来呢？突然，那边又大大方方地爆发出咔咔震响，震得门窗都哆哆嗦嗦。我断定她刚才切得顺手，便鼓起了信心，摆开了架势，抡圆了膀子开剁。她正在用菜刀剁着自己的胳膊？剁完了胳膊又开始劈自己的大腿？劈完了大腿又开始猛砍自己的腰身和头颅？……骨屑在飞溅，鲜血在流泻，那热烘烘酽糊糊的血浆一定悠悠然顺着桌腿流到地上，偷偷摸摸爬入走道，被那个塑料桶挡住，转了个弯，然后折向我的房门……

我绝望地再次猛冲过去，发现——仍然什么事也没有。她不过是弓着背脊，埋头砍着一块老干笋，决心要把那块笋壳子也切到锅里去。

我也许是有毛病了。

她瞥见我，慌慌忙忙眨一下眼睛，"开水么？刚灌了瓶，几多好的开水。"

我刚才根本没有问话，与开水毫不相干。在她的心目中，也许我的很多沉默并不真实。她以为我说过这些或那些话，一直把我幻觉着。不过，她是否幻觉过我也有这种漫不经心的自我屠杀呢？

曾经给她买过一个助听器。那时候还很不好买，价钱也贵。我拉着她的手钻过好几辆公共汽车，穿过好几条繁忙的街道，去找这种小匣子。她上街特别紧张，干瘦的手总是不自主地要从我的手里挣脱。要是在车上，没有找到空座位，她在乘客中东倒西歪，一到车子启动就会吓得蹲下去，大叫我的乳名，弄得我很不好意思。她没命地伸开双臂四处抓拉，搜寻着椅子、地板、墙壁等等任何可以抓拉的东西。有时胡乱揪住旁边一条挺括的西裤，自然会招来裤子上方的咒骂和白眼。横过街道时，她也不顺从我的牵引，朝两头一张望，就会显出毫不必要的慌乱，拉扯着我往前冲或者往后冲，气力大得足使我偏偏欲倒。有时我稍不留神，她就拿出罕见的奔跑姿态，轻巧快捷如青年，朝突如其来的一辆汽车叭叭叭地迎头撞去，像要同它拼个你死我活——那种聋子的自信和固执常使司机们吓得半死。我曾经怯怯地寻思：哪一天她真会丧命于车轮之下的。可怜的幺姑。

买回了那种小匣子，她却时常扭着眉头埋怨："毛佗，没得用的。人都老了，还有几年活？空花这些钱做甚么？没得用的。"我说怎么会没有用呢，我测试过的，效果不错。然后过去检查那小匣子。果然，不是她没有打开开关，就是音量被她扭在最小的刻度上。"开那么大，费电油（池）呢。"她极不情愿地接受着指导，而且只要我一离开，保准又机灵狡诈地把音量恢复到原状。等到下一次，再来理由十足地重复她的埋怨："毛佗，没得用的，我说了没得用的。人都老了，还空花些钱做甚么呢？你去把它退了，一对电油（池），买得几多豆腐。"

在她那里，有了豆腐就有了世界的美好，我们全家都是靠豆腐养大的，一个个长得门长树大。

于是，助听器没有再用，放在她缝制的小小布袋里，深藏于一个当作衣箱的烘箱里。耳塞上有一圈浅浅的污垢，好像还带着一位聋子的耳温。

而我们继续辛苦地叫喊着。

不知道她是怎么聋的，她没有说过。我问父亲，父亲说她小时候大病了一场，一发烧就这样了……什么病呢？病就是病，记不清了。

前辈们总是把往事说得很含糊，好像这就显示了教导孩子和维护社会的责任感，就能使我们规规矩矩地吃完红萝卜和阿司匹林。直到那年我第一次回到老家，在渡船上，在山水间，我才发现往事并非迷雾，而是一个个伸手可触的真切细节。

在一片肥厚的山脉里，有很古老的深绿色河流，有很古老的各色卵石。据说以前河边都是翳暗的林木，常有土匪出没打劫商船。不知什么时候，官府派人伐倒沿江的林木，铰掉土匪的屏障，才有了一条谨慎躲闪的官道和车马的通行。又不知什么时候，官府派人在这里建起了一道边墙，分隔苗汉两区，图谋阻截匪乱。这道南方的小长城眼下当然已经荒废，只留下几截废墟，一些披着赭色枯苔的砖石，像几件锈物遗落在茅草丛中。还有几条土墩被风雨磨得浑浑圆圆，看上去像牙齿脱落的牙龈。

同船的有一位阿婆，脸色黝黑，布满蛛网般的皱纹，身体又薄又矮，似乎一口气也能把她吹倒，一个背篓可以装上三四个这样的体积。她的眼睛和嘴巴只是几条裂缝，像一块老木薯上随意砍出的几道刀口——其中有两道红鲜鲜的艳丽，含着浑浊的一汪泪水，当然就是眼睛了。

她似鹰又似人，操着极地道的家乡话，谈了些似乎与幺姑有关的旧事。在这一瞬间，我强烈地感受到家乡是真实的，命运是真实的，我与这块陌生土地的联系是真实的——这有阿婆与幺姑的面容相似为证，有幺姑与我的面容相似为证，有我一走入家乡就发现很多熟悉的鼻子、眼睛、嘴巴、脸型等等为证。现在我回来了，身上带着从这里流出的血与脸型。

阿婆身边立着一个高大后生，满脸酒刺，大概是她的儿子。真难相信她可以生出一个体积比自己大两三倍的生物出来。

"幺伯么？吾识的，吾识的。"阿婆两道红鲜鲜的缝把我打量了一下，"先前几多灵秀的女崽呵。那年莫家老二死了，有人就说她是蛊婆，开祠堂，动家法，逼着你爹爹去点火烧死她。唉，好遭孽呵。"

"阿婆，您记糟了，我姑姑不是你说的……"

"哦，是尹家峒的幺姐么？"

"尹家峒。"

"淑媛么？"

"是淑媛。"

"吾也识的，也识的。这团转百十里的姊妹，哪个不识哟。难怪你还与她有点挂相哩。她是庚申年的吧，比吾只小月份。她男人不就是那个李胡子么？那个砍脑壳的，又嫖又赌，还骑马，还喜欢喝这个——"她翘起拇指和小指，大概表示鸦片，"上半年他兄弟回来了，说是从九州外国来，来找一找老屋。吾在街上视了的。"

我看着她红红的裂缝，那里面根本无所谓眼珠，是泪囊炎，是结膜炎，是日照烟熏……抑或是来自太多往事的辐射，灼得眼球腐烂了？

"她也是没得法子。生你大表哥的时候，生不出呵。那时候又没郎中，没医院，就请满贵拿菜刀来破肚子，杀猪一样。可惜，奶崽还是没留下来。她哭呵，哭得黑天黑地，耳朵就背了……"

"是这样？"

"她还在长沙么？"

"还在。"

"享福了。可惜，听说她就是没有后人。"

"她退休了，想回来住一段。"

"老屋没有了，回来做甚么？又没有一男两女，回不来的，回不来啰。"她轻轻叹了口气，擦了擦眼睛。

我后来才知道，本地人把生育看得十分重要，没有后人的妇女就是死了也不能葬回故土，以免愧对先人和败坏风水。为此，她们生前经常裸体野卧，据说南风可使她们受孕。又经常吃蜂窝与苍蝇，大概是把繁殖力最强的昆虫当成了助孕的神药。如果这些法子还是不奏效，耻辱的女人们要么自杀，要么远走他乡。幺姑当年进城去当保姆，大概就是迫于这种无后的舆论压力？在我的想象中，她当然也是坐过这样的船远行，看到过船下的波纹、水草、倒影，还有晃晃荡荡的卵石——这条河流几千年来艰难生育的蛋卵。

小船已经摇进了一片树荫。船身偏斜，锚声叮当，船客脚步声已叭叭离船上岸。一群背着竹篓的女子突然你挤我靠地发出一阵亮笑，不知道她们在笑什么。

二

老黑也没有后人，她是否会自杀或远走他乡？当然不。她能生，这是她自己宣布的。生他一窝一窝的不在话下，生出白的黑的也不在话下。为了向她婆婆证明这一点，她去年就一举怀上一个，然后去医院一个手术"拿掉啦"，说起来同玩玩似的。

她婆婆气得要吐血。

她丈夫气得同她又打架，又离婚。

她也得玩玩离婚。用她的话来说，不离上三五次婚，那还算个女人么？不是白活了老娘一辈子？她以前玩过革命和旧军装，眼下赶上好时代，开始玩录像带和迪斯科，玩化妆品和老烟老酒。身上全洋玩意儿，没有国货。上面用乳罩一托，下面用牛仔裤一兜，身体的重心好像就提高不少，两条长腿笃笃笃地朝前冲去，如踏在云端腾腾欲飞。这样的女人，当然可以伸出女巫那种干瘦的手，下巴得意地一摆，"拿掉啦"。

她当然要拿掉那血糊糊的玩意儿。不然，她可以一气跳上四十个小时的迪斯科然后大睡三天吗？她可以喝得头痛脑涨然后半夜随意叫上一个男人陪她出去散步吗？她可以骑着摩托撞倒警察然后扬长而去吗？可以叼着一根烟不管与男士们辩论什么问题都非得占个上风吗？她可以把腼腆少年或昏聩老头都调戏得神魂颠倒，然后从他们那里要来钞票，在高楼上或峭壁上细细撕碎，看碎片向苍茫大地飘去，自己兴奋得母驴般地嚎叫起来吗？

幺姑当保姆，十几年带出了这样一个干女儿，实在有点奇怪。而且我觉得，幺姑终于去洗澡肯定与老黑的甜甜一笑极有关系。那天幺姑炒了一碗焦焦的火焙鱼，定要给干女儿送去，说黑丫头最爱这一口。其实老黑早就没有这个嗜好了，我向幺姑说过多次。每次她都诺诺地表示明白，可一炒上火焙鱼，又顺理成章地坚定起来：黑丫头爱吃的。

不知她什么时候出门，什么时候又回来了。回来后她一直心神惶惶，问我知不知道一个姓宫的大个子，问那人品质如何，家里有些什么人。

我知道幺姑有了误会。老黑即使再结一百次婚，大概也不会看上姓宫的。她同我说过，姓宫的远远慕名而来，她让他哭，让他跪，让他脱衣，让他舔鞋子和卫生巾，总之戏弄和蹂躏够了，再喝令他滚出去。"男人真是死绝啦，怎么一个个都是这样的草货?"可她周围又不能没有草货。她半是厌烦又半是喜好草货们的恭维，以及草货们的互相嫉妒。没有男人为她互相嫉妒的日子终究不能容忍。

幺姑听了我吼吼叫叫的担保，哦了一声，似乎相信了。可是她后来闲散没事的时候，总是闷闷的，抑制不住对那个大个子的疑惑和愤恨，自言自语地咕哝："那个人，一看就晓得不是正派人……"

"那个人，说是三十六，我看起码有五十大几了……"

"那个人，肯定没个正经的工作……"

那个人那个人。

她从容复习了一遍对那个人毫无根由和想象丰富的恶意揣测，便洗澡去了。我早就该料到，洗澡是最容易出事的。楼东头住的李师傅，还有附四栋的凤姑娘，都是在洗澡时中风或煤气中毒。大概人赤条条地来，也想赤条条地去。澡盆张开大嘴，诱人脱下衣服，看上去实在不怀好意。

幺姑前一天才洗了澡，这天说身上痒，又一个劲地烧热水。好像还忙碌了些什么，我没在意，也不会在意的。天知道她哪有那么多事可忙。除了做饭菜，补衣袜，嘀咕一下什么人，还有收捡小东西的嗜好。比方说瓶子，哪怕一个墨水瓶她也舍不得丢出去，那么酒瓶、油瓶、酱菜瓶和罐头瓶就更不在话下，全收集到她的床下和床后，披戴尘垢，参差不齐，组成了一个瓶子的森林，瓶子的百年家族。她还特别喜欢纸片。每当我把一个小纸团扔进撮箕，她准会乘我不备，机警地把它捡起来，抹平纸片的皱折，偷偷地加以收藏。一些报纸、包装纸、废旧信封纸，一旦积累到一定的程度，就会被她集中起来，折成一个个四四方方的纸包，压在她的枕下。她的枕下已经膨胀了，于是新的收获就塞到床尾，以至于平平的床垫已经两头隆起，升起好些突出的丘峦，使她的生活充实了不少。实在没事的时候，她就忙着对钟点，发现电视屏幕一角有了闪闪的数字，马上去瞅她那架旧闹钟：或是差十分，或是差五分，情况十分严重。她赶忙把旧闹钟扭几下，直到自己的生活与公共社会准确统一，才稳稳地把旧闹钟供回宝座——一个用胶布条复杂维系着的玻璃盒。

如果发现她的钟走得很准，便会惊喜一番："毛佗，对的，钟蛮准呢。"

"是的，很准。"

"一分都不差。"

"是的，不差。"

我甚至也被她感染了，也有了这种追求准确时间的爱好。有时听到广播里的嘟嘟报时声，也会情不自禁地大喊："十点了，你的钟准不准？"

"对的，蛮准的。"

于是我也觉得很安心。

今天，好像她没有来对钟点。我本应该有所警觉，可我陪着来访的朋友，照例吞吐香烟，照例开开玩笑，照例第一百次地谈谈社会小道消息，再不就对某个熟人的劣行进行一百零一次的嘲讽——好像这样度日就十分有模有样，就与身后的书橱和壁画十分协调，与幺姑收藏纸片和闹钟对时的勤奋也有了什么区别。

朋友留下一堆烟头，走了。我准备睡觉，但觉得还有什么事没做。想一想，原来是屋里太安静了——要是平时，我总能听到幺姑熟睡时轻轻的鼾声。

"幺姑！"

我四下里看看，没有找到她。待我奋力挤开浴室的门，才从窄缝里看到里面满是白腾腾的雾气，凶猛而狰狞地涌出来。

完了，我看见了雾气中的一只手。

医生说她中风，十分危险，催我们大把大把地往医院里砸钱。接下来的中医和西医，大医院和小医院，对这种中风偏瘫都只是摇头，都只说"试一试"。也许我还得去看电线杆上的招贴，找找江湖神医；或者还得去火车站查查车次，准备把她送大城市的医院。那就需要更多的钱。但我翻遍了幺姑的枕下和那只烘箱，没发现存折和现金，只发现一对不知何时留下来的废电池，已经发霉了。还有不知哪位女子抛弃不用的小半瓶雪花膏。除此之外就是纸片和纸包，是一捆捆旧棉絮和一些旧衣服，包括我给她添置的围巾和棉鞋，散发出霉味以及某种老妇人身上特有的枯萎气息。我像是翻遍了她整整神秘的一生，才找到了一只值点钱的金耳环。

记得她厂里那个会计曾对我很有信心地盯过一眼，"是的，她是老工人，也确实当过劳模，我们会补助的，不过——她这些年会没有点积蓄吗？"当时我也被对方盯得有些心虚，似乎自己隐瞒了万贯家财，一时竟不知说什么好。我真傻，为什么不同那个戴黑呢帽的婆娘大吵呢？我嘴笨，不会吵，更不擅长要钱，要是换上老黑就好了。那次她陪着幺姑去厂里报销药费，为了两瓶脉通能不能报的问题，唇枪舌剑无人敢挡，吵得厂里天翻地覆。明明是她摔坏了人家的算盘，但她硬说算盘扎伤了她的手，还要找人家赔医疗费。

幺姑曾偷偷向我嘀咕，说同事们借过她的钱，几块或几十块，乃至上百块，借走就没有了，连个说法也没有。我说应该去催一催，问一问。她惊吓得如同要杀她的头，下巴往里缩，嘴唇抽搐，长长地咦了一声："去不得，去不得。"

又笑了："丑呵。"

"欠债还钱。天经地义。"

"怎么能自私呢？要学焦裕禄呵。"

那是很久以前。是我父亲鼓励她学习焦裕禄的。我还给她读过报上有关焦裕禄以及其他模范人物的报道——在我努力显示自己能够读报的年纪。那时，我只知道幺姑是一个工人，为一个当工人的姑姑骄傲。我不知道她那个工厂那样黑暗，那样狭窄，与想象中的工厂完全不一样，只在湿漉漉的小巷里占用一个旧公馆，有闪闪黄铜门环的黑森森大门，一旦吱吱扭扭张开，就一口把我吞了下去。走廊里垒着一个个横蛮的大货包，随时都有可能垮下来似的，只给昏暗中的男女留下侧身钻挤的空间。被叫作食堂的那间破旧棚子，缩在天井后头的一角，水泥层已经龟裂和剥落，露出了油腻腻的黑土。窗子是用锈铁条钉起来的。案板上有潮乎乎的生肉和生菜味，还有两钵黑黑的东西。我走近才听得嗡的一声，黑色散碎成苍蝇，显露出黑色曾经盖住的两钵米饭。这种钵饭出自蒸笼，因此每一钵饭的硬壳表面还有凹形圆圈，是另外一个钵底压出的，像盖上了一个公事公办的印章。

有几位女工围观这两钵饭，这个端来嗅一嗅，那个凑上去看一看，都收缩着五官，摇头走开。她们痛快淋漓地打嗝和揉鼻子。

"馊了吗？"

"臭了。"

"泼远点，老子在这里吃饭。"

"可惜了。一角五分钱呵。"

"快些去喊覃聋子来。"

"你以为她会买？"

"三分钱卖了它，她肯定要。"

"你肯定？"

"嘿嘿，我打赌。只要便宜，狗屎她都会要。"

"那她要发大财了。"

"发财留给哪个？带着票子进火葬场？"

"留给王师傅呵，老王不是对她蛮不错么？"

"哈哈，要死了，你这个鬼！"

有人狠狠地拍大腿，发出了叭叭声。

她们不认识我，即算认识我也不会在乎我，都在快活地议论着幺姑，为大口咀嚼的饭菜增添一点味道，一点兴致。有一张大嘴里闪着一颗铜牙，已经磨穿了薄薄铜皮，露出里面白铅的层面——我一看见它就永远忘不掉了。我觉得那是一颗子弹，打中了我的全部惊讶和耻辱。

也许她们从来都是这样痛快淋漓地打嗝和揉鼻子，找幺姑借钱的时候，借了钱又赖账的时候，支派她去扫地的时候，唤她去倒马桶而她没听见于是对方大为恼火的时候。后来我把这一切告诉老黑，老黑哭了。我不相信她还有如此明净的泪水。她还恨恨地说：真他妈想抢一挺机关枪，给她们一人掏几个洞。

我对幺姑怒火冲天。在那间地板条子此起彼伏的女工集体寝室里，她要我坐她的床，我偏坐对面的那一张。

她塞给我饼干，我偏把它们捏得一块块纷纷落地。她给我积攒了很多好玩的木线轴，可以做小车的，也可以把它们竖起来，想象成国王、士兵、强盗什么的，让它们展开大战，我却偏偏把它们弄得乱乱的，滚到床下或屋角去横尸遍地。看见幺姑惊得脸色发白，双手直哆嗦，我还觉得委屈，还觉得不解恨。我太想把她床头那面小圆镜远远地扔到大街上去。

我不知道我这是为什么。

她不无茫然地苦笑，弓着背去洗碗筷，没忘记把一点凉凉的剩菜，小心拨进一个褐色的小瓶子，稳稳地旋好胶木盖，放在床头柜的黑色烘箱上，虔诚地保留着。

她常常用这个小瓶子装着菜，下班后来看望我们，带给我们吃的——比方工厂食堂里打"牙祭"时，有了点猪肉或者咸鱼。

尤其在我父亲死去之后的日子里。

三

父亲终于还是走了。这个在履历表上永远与我有着联系的人，总爱东张西望和嘀嘀咕咕。碰上同事来了，朋友来了，老乡来了，包括幺姑来了，他就打发我们出去玩，然后关上大门，在门那边一个劲地嘀嘀咕咕。我快快地看着这张门，看着铁门扣以及曾经带有门扣的扣座以及连扣座也没有了的几个锈钉子眼，不知道这间房子换过多少主人，而那些主人是谁。从此我就觉得合上的门都十分神秘——是它们将父辈们关锁得衰老下去的。

后来我才慢慢知道一点父亲嘀咕过的事。他逼幺姑与那个男人离婚，教导她一个受压迫的妇女应该如何决裂如何觉悟如何与反动阶级划清界限。当幺姑颈皮松弛鬓丝染白之后，父亲又认真地发现我们与她之间也有着什么界限。比方，他不让我们作文《记一个熟悉的人》一类时再写到幺姑，叮嘱妈妈不让我们再去幺姑那里玩耍。甚至有一年的除夕，幺姑带着一大篮子年货高高兴兴来我们家团圆，父亲硬是让妈妈送她回工厂宿舍去了。那一天我耳朵特别灵，听见了妈妈的哭泣，听见了爸爸对妈妈说的一些古怪字眼，什么"革命"，什么"阶级"，什么"立场"……因为有这些古怪字眼，幺姑就没法在我们家过年了，就只能孤零零地回工厂里去。

但他对我们说："幺姑今天还要去值班。明天，你们上街可以顺便去看看她。"然后他走出门去，碰上一个什么同事，谈起天气什么的，努力地哈哈大笑。

那个年真是过得让我害怕。而且从那以后，我一见到大人们嘀嘀咕咕，就知道绝不会有什么好事。因此我夜里极怕被尿憋醒，极怕起床。因为每次醒来我都在黑暗中听见父母在大床那边低声嘀嘀咕咕什么，并不像我临睡时所见的那样各自忙碌庄重寡言。这非让我做噩梦不可。

但父亲终于还是走了。我本来以为他活得像排比句一样规规矩矩，像大字典一样稳稳妥妥，像教科书那样恭恭敬敬。我以为每个周末之夜他都可以拧开温暖的台灯，抚摸着我依偎在他胸前的脑袋，悠悠然唱上一首《蜀道难》或《长恨歌》——他说是吟，我说是唱。然而他终于去了，留下了家里空空的床位。

我后悔，后悔在那个夏天远行。我居然不知道机关里也有了大字报，居然还邀同学们一起下乡，去那个小山村车水抗旱。我也许早该认真地想一想，为什么近日来父亲晚上总是给我搔背，让我舒舒服服地入睡？为什么父亲突然变得细心，把我的每一本书都包上封皮？为什么父亲会突然关心家里的食品安全，总爱去戳那个老鼠洞？——家里老鼠确实多，常常吱吱地在门边柜下探头探脑，或在屋顶哗啦啦列队奔驰，把什么棉絮、豆腐干、十九世纪史、曹雪芹和语法修辞，吃得津津有味，咬得粉渣渣的，揉挤成一个鼠窝。

这些老鼠早被我们用夹子打死了，家里早已平安无事，但父亲为什么还要去戳那个干枯的鼠洞？为什么还不时叹气，说："时候不早了。"——什么意思？

我终于没有去细想，以至我背着行李兴冲冲从乡下回家时，一推门，只见抱成一团的幺姑和母亲突然分开，泪痕亮亮地都冲着我瞪大眼："你爸爸没有去找你？"

"找我？"

"他没有到你那儿去？"

"什么意思？他到我那里去干什么？"

"那他到哪里去了？到哪里去了呢？"

妈妈哭了，幺姑也哭了。不一刻，两三位邻居来了。有人另作猜测，说他或许是去了一个姓李的人那里，或许去了一个姓万的人那里……我马上意识到这几天之内发生了什么大事，而这间房子里空去了许多许多。

"他什么时候走的？"

"四天，四天前！他说去理发，就没有回来了。他只从我手里拿走了四角钱！"这是妈妈的话。

我们徒劳地找了七八天。每天晚上，我入睡时都缩在床尾，很懂事地伸开双臂，把妈妈和幺姑的脚抱紧，让她们感到我的温暖和我的存在。我觉得她们的脚都很冷，都干缩了，像一块块冬笋壳子。

　　父亲终于被找到，是机关里两个中年人从派出所回来，让我们辨认一张照片。上面有一颗模模糊糊的人头，放出光亮，赫然胀大，把每一条肉纹都绷得平整，像吹足了气的一只大皮球。照片上的表情很古怪，是一种要打喷嚏又打不出来时不耐烦的那种表情。

　　我心惊肉跳地瞥上一眼，再也没有去看他。那就是他么？就是我的父亲么？不知为什么，我永远记不清他的面目了，大概是最后一眼看得太匆忙，太慌乱，太简约，太有一种敷衍应付的性质。印象模糊到极处的时候，我甚至怀疑——他是否存在过。当然这也没什么。叫祖父的那个人，我甚至见也没见过哩。那么祖父的父亲，祖父的父亲的父亲……他们是些什么人？与我有什么关系？他们的面容以及嘀嘀咕咕，同我现在牵着小孩去买泡泡糖，同现在笼罩着我的阳光，同我将要踢到的那块小卵石，有什么关系吗？老黑就从不想这些问题，所以她衣袋里总有那么多零食，嘴里总有那么多脏话，她还可以很得意地把下巴一挺，说："拿掉啦。"

后来，幺姑常到我们家里来，总是在傍晚，总是在节假日的前夜，总是沉沉地提着那个草编提篮。提篮是通向市场的一张大嘴，源源不断地吐出一些鸡蛋、蔬菜、水果、布料、鞋袜、刚领到的工资等，吐出一切即将转化为我们身体和好梦的东西，吐出了我们一家人整整几年的日子。那真是一个取之不尽的聚宝篮，直到最后丢在我家厨房的门后，装着一些引火的炭屑，蓬头垢面，破烂不堪。

她从篮子里还总是取出一份小小的晚报。她一直遵守着父亲关于订报的严格家训，甚至在很多党团组织也退订的时候。

于是，有时她就放下报纸，从眼镜片上方投来目光，满腹心事地感叹一两句："毛伢，越南人民真是苦呵。"

或者说："非洲人民真是苦呵。"

"毛伢，哲学真是个好东西，哪么会有这么好呢？学了人就明白，事事都明白呵！"有时她也这样说。

停了停还说："私心要不得呢。你看看，焦裕禄的椅子都烂了，他还革命到底。要是人人都没得私心，这个世界就几多好。毛伢，你说是不是？"

我自然大声吼出我的附和。

我没有太多工夫去理会她。倒是老黑细心一些，以干女儿的身份依偎在她膝边，大声向她讲解高尔基的《母亲》和雨果的《九三年》，有时也说说知青点的趣事，还说未来一定是美好的，只要革命胜利了，就会有洗衣机、电视机、机器人，人人都享清福，家务也无须幺姑干了。

幺姑大惊失色，半晌才讷讷地嘟哝一句："什么事都不干？那人只有死路一条？"

我们都笑起来，不觉得这句话里有什么警世深意。

幺姑无事的时候，就呆坐，不愿上街，不愿去公园，不愿看电影看戏，也不愿与邻居串门交道，甚至六月炎天屋内火气烘烘，她也极不情愿抽张椅子出门歇凉，宁可闭门呆坐，警觉地守护这一房破旧家具和几坛酸菜，守护自己的某种本本分分的恐惧。门一关，她的毛巾也就很安全了，那是不知从哪条旧裤子拆下来的一块蓝布，用粗针粗线绞成。她的茶杯也很安全了，那上面覆盖一个用针线绞了边的硬纸壳权当杯盖，杯里有厚厚一层泡得又肥又淡的茶叶，可能是哪位客人走后，幺姑偷偷从客人杯中捞到自己杯中去的。她的伞也很安全了，那把黑布伞永远撑不满也永远收不拢，上面补丁叠补丁，光麻线也许就不下二两——而我给她买的不锈钢折叠伞，照例又无影无踪。

她坐着坐着，许久没有了声响。我看一眼，她正抄着袖筒瞌睡。脑袋缓缓地偏移，偏移到一定的角度，就化为越来越快地往下一栽。她猛然收住，抹去鼻尖一滴清清的鼻涕，嘴舌一磨一挪，咽下一点什么，又重新开始闭眼和偏移……

我碰碰她，催她去睡。

"嗯，嗯。"她力图表示清醒地回应两声，不知是表示同意还是不同意，抑或表示一下应答也就够了。

"你——去——睡——吧——"

"哦哦，火没有熄吧？"

"睡——觉——听见没有？"

"对对，我看看报。"

她又打开手边的报纸，硬撑着眼皮看上两段。不知什么时候，报纸已经从她手中滑落，她又开始闭眼和偏移，鼻尖上照例挂有一滴冰凉的鼻涕，晃晃荡荡地眼看就要落下。我的再一次催促显然有点不耐烦，使她不好意思地揪一把鼻涕，抹在鞋跟上。"毛佗，你不晓得，睡早了，就睡不着的。"

可她刚才明明白白是在睡。

也许在她看来，过早地躺到那个硬硬的窄床上，实实是一种罪该万死的奢侈，以至她必须客气地推让再三，才能于心安稳地去睡上一盘。

她买回几个臭蛋，喜滋滋地说今天买得便宜，还特意把这些蛋留给我吃。我哭笑不得，筷子根本没有去碰它。这倒没什么，但事情坏就坏在我开始说话，而且说得如此恶毒。我说这些蛋根本不能吃，根本不该买，买了也只能丢掉。我一开口就明白事情坏了，但已经来不及，幺姑如我所料地迅速洞察形势和调整布局。她愣了一下，立刻把臭蛋端到她面前，说她能吃，说臭蛋其实好吃。事情还坏在我居然执迷不悟，竟敢对她流露出体贴和担忧，不由自主地说出第二句："你会吃出病的。"

她的客气由此而得到迅速强化，笑了笑："则是，则是。"

"怎么则是呢？"

"费了好多油盐的，哪么不能吃？"

"你这不是花钱买病？"

"吃蛋也吃出病来？诳讲！"

为了证实这一点，她满满夹起一箸，夹进柔软而阔大的口腔，吃得我头皮直发炸。

我终于把那只碗夺过来，把剩下的倒进了厕所，动作粗鲁野蛮。她气得脸色红红，噘起嘴巴，在厨房里叮当叭哒摔东打西——锅盆碗碟都是重拿重放。她把家务都做了，甚至没忘记为我烧上洗脚水，但她冷眉冷眼，大声数落："哪有这样的人，哪有这样的人？看我不顺眼，拿把刀来把我杀了算了。我也不想活了，活了有什么意思？有什么用呵？白白消耗粮食……我早就想钻个土眼，一了百了，安静，就是没得土眼给我钻呵……不光是人家看不上眼，自己也看不上眼。是没得用呢，连个蚱蜢都不如，连个苍蝇都不如……这老骨头死又不死，我自己恨得没法，没法呵……"

一连几天，都是这样诅咒自己。为了弥补某种损失，她大张旗鼓地吃尽各种残汤剩菜，连掉在地上的菜叶也捉来往嘴里塞，只吃得自己头发烧，步子软，眼皮撑不起来，像烈日烧枯了的茅草。这当然又牵带出一连串我与她之间的激烈对抗，关于她吃不吃药，关于她喝不喝开水，关于她坐在床上时背后塞不塞枕头，关于她背后应该塞枕头还是应该塞旧棉裤……我惊讶地发现，她对利与害的判断十分准确，然后本能地作出有害选择。为了保证这种自我伤害步步到位，这位软弱妇人依靠她刀枪不入无比顽强的客气稳操胜券。不用说，这种昏天黑地的客气大战，经常把事情弄得莫名其妙，双方的初衷不知去向。

我的胡须更多了。

四

我看见了蒸汽中的一只手。

然后我看见了软软的手臂，其实只是裹着一圈老皮的两节瘦骨。老皮并不很粗糙，倒是有一层粉粉的细鳞，如同冬蛇的一层蜕皮。然后我又看见了散乱头发，太阳穴和眼窝都深深下陷的脑袋。这种下陷，连同偌大一个突出的口腔，使整个脑袋离未来的骷髅形态并不太远。她的头发湿淋淋地结成片，还带着肥皂沫，向一边拥去，发根处暴露出白白头发，使人突然觉出女人的神秘全在于长发，而她们的头皮同样平常以至粗陋，与光头莽汉们并无多大差别。然后，我又看见了一个平瘪的胸脯，肋骨根根块块地挺突，大概用不了多久，就能把薄薄的胸皮磨破。两颗深色乳头马马虎虎地挂在骨壳子上，大概是一种长期等待孩子吸吮的希望，使它们伸展得如此瘦长，而现在终于绝望地低垂。顺着骨壳边沿塌下去的，是裤带勒出的深浅肉纹，是空瘪的腹腔，还有两轮陡峭山峰般的盆骨。倒是小腹圆鼓鼓的，拖累得整个腹囊下垂，挤压出一轮轮很深的皱折。我当然还看见她腰间几处伤疤，看见了她尖削臀部的一个锐角侧面，还有稀稀的阴毛，从大腿缝中钻出来，痉挛着向四处张扬。令人奇怪的是，她的两腿仍然算得上丰满，有舒展的曲线，有大理石的雪白晶莹，几乎与少女的腿无异，似乎还够格去超短裙下摆弄摆弄。

我突然发现她少一只手，定神细看，那只手却还在。我使劲地挥赶着蒸汽，让自己看得更清楚。

这是我第一次见到幺姑的身体。这条白色的身影让我感到陌生、惧怕、慌乱，简直不敢上去碰触。好像从未做过母亲的这位女人，还有一种处女的贞洁不容我亵渎。一瞬间，我脑子里掠过幺姑年轻时的模样。我看过她的一张照片，黄斑交叠的那种，上面隐隐约约有几位妖娆女子，抹了口红，穿着旗袍，踏着皮鞋。我很难辨认出谁是她，很难知道那口红和旗袍联系着另一个怎样神秘的世界。她们不也有过青春吗？是不是也有过爱情乃至风情万种？

老黑也有两条很好看的腿，还曾逼着我评点这样的腿，追问我为何面对这样的宝贝居然不犯错误。你不会有什么问题吧？她甚至在我裤裆摸了一把，检查我的生理，显得特无耻。

她哈哈浪笑的时候肯定没有想过，她就不会老去？在暗香袭来的全身洋货里，她的身体是否也将要长出皱纹和粉鳞？

老黑说过："幺姑么？—— must die！"她冲我挺了挺下巴："她这样活得太受罪。让她结束，绝对人道。"

"你这话是什么意思？"

"我们弄出个自杀的现场，根本不成问题。"

我的心差点变成了一个空洞，每个细胞几乎都怦然爆炸，"你在说什么？"

"你明明听懂了，装什么孙子？"她冷笑一声，"你也明明知道，她这样活一天就是受罪一天，但你就是要让她受罪。为什么？因为你要博一个好名声，你要别人说你孝顺，善良，有情义，思想觉悟高。是不是？你要把你的善名建立在她痛苦的基础上。你不觉得自己太自私了？做人做到这一步，累不累呵？"

我不知道该如何回答。"你是说我伪善？好吧，伪善就伪善……"

"但一个伪善者总比杀人犯好吧？"她倒替我说了。

"对，是这个意思。"

"那不叫杀人，叫安乐死。"她耸耸肩，"你爱听不听。这事反正与我没有关系。你不要指望我帮你什么。对不起，我根本不会帮你。看在青梅竹马的分上，我这是为你好。"

她冷笑一声，瘦肩一耸一耸，笃笃笃地冲走了，从此再也没来过病房。我知道，她这几天大汗淋淋地帮着幺姑擦身喂饭塞尿盆，甚至对邻床的陌生病人也有求必应，是真的。但她不会再来了，也将是真的。她什么时候想起幺姑来大哭一场，同样会是真的。动情和无情，在她那里都很真实。可真实地杀人也值得把下巴一挺一挺么？幺姑是她的奶妈和保姆且不去说，她以前的手表，以前的毛衣，还有当知青时往返城乡的路费，也全是幺姑给的，但现在她居然视感恩报德为庸俗可笑，甚至还可以说出大篇深奥哲学来证明自己无懈可击，就像平时谈起气功，谈起声乐，谈起性，总要居高临下地灌来几句"你不懂"。然而现在根本不是一个理论问题，不是。把这件事打扮成一个理论问题，就不那么真实了。她不必自居侠女地把香烟抽得那么老练。

她以前不是这样的。那次她从城里返回乡下知青点去，说是要磨炼革命意志，故意不坐车，准备花十天时间独身长征。这个消息真把我们吓坏了。我们接到电报后上路接了三次。最后一次，从村里跌跌撞撞迎出去五十多里地，才在一片白雪茫茫的大山里，发现公路尽头一个隐约闪动的黑点——她身穿破棉袄，几乎挪不动脚了。她当时扑到我的怀里放声大哭。

现在她根本不愿谈起这些陈谷子烂芝麻的事，包括她的父母，那两个吊死在一根绳子上的老干部。没意思啦，别烦我好不好？她眼下只愿意谈谈钱，谈谈男人和女人。她可以旁若无人地闯进客厅，不管在座的有什么人，单刀直入各种咸味话题。她评论起女士的眼睛、鼻梁、脖子、胸腰、手足、屁股，无微不至，常有独特心得，先领男人的神会，于是有时搔搔头自嘲："真好笑，你们看我这眼光——我简直要成个男人啦。"接着她又可以大谈男人，一直谈到男人也无法谈到的水平，再洋洋自得地取笑诸位面红耳赤的听众："不行，不行，你们男人的神经太脆弱啦。受不了吧？好，换个频道，谈别的。"

幸亏幺姑耳聋，不知她嘴里喷吐出一些什么，否则根本不用等到进浴室，脑血管早就啪啪啪爆裂千万次无疑。

不过她不会在乎幺姑的好恶。正如她从不在乎什么领导，说不上班就不上班，说不开会就不开会，连请假条都没有。她也不在乎公园告示牌，带着她那个班上的中学生偷花，偷橘子，偷小卖店的饮料，乐得一派天真眉飞色舞，而且一次游玩如果没有这类冒险，就简直他妈的味同嚼蜡。她满口粗话却让孩子们觉得很开心，很崇拜，很迷恋，一个个不叫她"老师"而叫她"老黑"或者"黑姐姐"，把她当成了黑社会的巾帼老大。她几乎同所有的同事吵过架但又交友众多，交际圈覆盖到作家、画家、导演、歌星、高官子弟，外国的白人或者黑人。这就是她不会在乎幺姑也不会在乎上述所有人的资本——她经常宣称社会太肮脏，号称她每天回家都洗澡，于是湿淋淋的头上支着许多夹子，像一根狼牙棒。

她果然再没有来病房。我去学校找过她，想问一问她是否听说过一个叫珍婆的人，因为幺姑近来经常叨念着这个名字。

她的门上钉着很多留言条，落款者有姓张的，姓马的，姓 M 的等等。一个提着大旅行皮箱的大胡子守在门边直瞪我，似乎我根本没有权利在这里搓手和皱眉头。我只好知趣地离开。

我找到她时，电话有故障，她的声音微弱得像来自月球。"……珍婴？是发粮票查电费的黄婆婆吧？"

"好像不是。"

"那我就不知道了。你还有事？"

"你也不问问幺姑？"

"她还活着？"

"活着。"我回答得居然不怎么理直气壮。

"没钱到姐儿们这里来拿。在抽屉里。门钥匙在老地方。"她补上这一句就把话筒挂了。

我知道她用钱倒是不算小气，至少在很多时候是这样。可我不需要钱。

我需要什么呢？我也不知道。幺姑躺在家里，又咚咚地开始捶打着床边的小桌了。我赶紧找尿盆，还有小孩们常用的那种尿片，刚被烤得暖烘烘的。

"不是。我饿了，饿呀。"

她又在催饭，可我看看手表，其实还不到十一点。

"想吃什么菜?"我征求她的意见,努力保持自己的镇定,不去思索她口角的白沫。

"肉!"

她又随手一捶,捶得桌面咚的一声如惊雷劈顶,留下余音嗡嗡嗡,搅得我脑袋里乱糟糟的,各种部件都裂缝和错位了。

她近来很能吃,一餐三碗米饭,还要大块大块地吃肉,尤其对肥肉,可以像吞豆腐一样顺顺溜溜。这使我很奇怪。她以前从不吃猪肉,还说当年小镇上常挂着几颗示众的人头,待绳子腐烂,人头就跌落在地,被猪猡啃得滴溜溜地转,四下里滚去,不时滚到幺姑门前的水沟里。她说从那时起,她一见到猪肉就胸闷欲吐。

而现在她爱上猪肉了。热腾腾的猪肉端上来,她立即精神大振,贪婪地大口咀嚼,油水从嘴角挤出来,落在衣襟上却不自知。她还老埋怨我们不给她吃肉,舍不得花钱,对她太小气,又反复声明她一个老家伙是吃不下多少的。更令人难堪的是,她住医院那一段,她总是控诉保姆偷吃了她的猪肉,我们送去的猪肉她全没吃到——其实连邻床的病友也笑着证明,她确实是吃了的。不用说,保姆气得整日拉长着脸,有时还偷偷抹眼泪,说从未见过这样难侍候的刁老婆子。

不管我们怎样解释幺姑的从前，保姆总是不相信。

不管我们怎样说好话和增加酬金，保姆也气冲冲地要走。

幺姑一连气走了四个保姆。她似乎已经变了，从那团团蒸汽中出来以后就只是形似幺姑的另外一个人，连目光也常常透出一种陌生的凶狠。我对此不寒而栗，怀疑这不过是造物主的险恶阴谋，蓄意让她激起一切人的厌恶，把人们对她的同情统统消灭掉，非如此不离开人间。我感到这个阴谋笼罩天地，正在把我死死地纠缠，使我无法动弹，只能一步步顺着阴谋行动下去，却不知将走向何方。一只乌鸦总在窗外叫，一只蝴蝶总是飞入窗口，一个卖冰的老汉常常朝门里探一下头，这一切隐含着什么意义？上天的神秘启示，我无法猜破。

也许，幺姑在蒸汽中那个反倒好了。我一想到这点就怵然心惊，就想去洗菜或扫地。其实老黑在一个月零三天前就说过类似的话——一个月零三天，就是我与老黑的区别么？

幺姑打了个嗝，扭着眉头，说猪肉一点味道也没有，最好是弄点火焙鱼来吃。

我估计她又会这样，决计装作没听见。

"要加饭吗？"

"火焙鱼。"

"要不要点白菜？"

"火焙鱼呵，寸把长的。"

妻子坚持不下去了，接上她的话头，把嘴凑到耳边："火焙鱼，没有卖——"

"有买？那就好，那就好。"

"没——有——卖——"

"没得卖？诳讲。太平街有，我去买过的，你们去看看，就在那个太平街呵。"

"那是老——皇——历——"

"你们多跑几趟呀。毛佗，你莫舍不得钱。幺姑人老了，吃不了好多的。你莫舍不得钱。你们要帮助我呵，你们要学焦裕禄呵。呵？"她好像看透了我的什么心思，诡秘地笑了笑，看我们将如何无地自容。

然后，她斜靠在床上，闭了眼，昏昏睡去，不一会就发出轻轻的鼾声，吹得嘴皮蜂翼般地震颤。她脸上有鲜鲜红润，几乎要斑斑点点地渗出皮层。

我还是买来了火焙鱼，蹬得自行车的踏脚螺丝都掉了，在街上又撞倒一个人，还同他大吵了一架。但不出我所料，这还是不会令幺姑满意。她先是说鱼里没放豆豉；待妻子加上豆豉，她又说少了大蒜；待妻子加上大蒜，她又说少了盐；待妻子加上盐，她仍然只是随意戳几筷子，就放下了，照例眉头打结，闷不吭声。问她为什么，她嘟哝着说，还是先前的火焙鱼好吃，哪像今天这些木渣渣？这一定不是在太平街买的，一点味道也没有。

那时候她确实常去太平街，有时为了买到我最爱吃的臭腐乳，为了买到老黑最爱吃的火焙鱼，她撑着破雨伞，一去就是半天，哪怕走得自己头昏眼花翩翩欲倒——为的是省下八分钱的公共汽车票。她对太平街的好感刻骨铭心。

她对火焙鱼的猜疑转化为极度不满，尤其是对妻子的警觉。妻子去帮助她大小便，她绷着一张脸，手脚都僵硬，暗中运力，决计不从，直到一不留神把屎尿大大方方拉在床上，弄得家里的烘架又丰富厚重一次，妻子手忙脚乱大口喘气。如果换上我去，情形还好一点，她脸色较为开朗，有时还笑一笑，只是接受大便前复杂的按摩程序时有点撒娇，一个劲地哼哼。妻子偷偷说，是不是因为她过早守寡，对男性还有一种撒娇的欲望？

当然无法知道。

我不在家的时候，或者我忙得顾不上她的时候，她就时常烦闷地敲打桌子。日长月久，大概敲得很顺手，很熟练、很惬意，大概感觉到自己能制造出可爱的动静，她就越敲越频繁，越敲越粗重。小桌原有一层黑漆，居然被她敲溶了一块，露出桌面白生生的本色，像鼓面由鼓脐向四周辐射出鼓芒，形成一个多角状的闪光体。到后来，连闪光体都被她敲得微微塌陷，眼看就要变成一个木色混沌的扁盆。我十分惊异，她那只瘦硬的手，一根竹节般的骨头，竟有如此坚强，能把木头都敲得塌陷，而自身却不曾有一丝消融。嘣，嘣，嘣，嘣——我觉得这声音越来越肿大，越来越老辣，带着血腥味充塞于天地。

敲得我们的房门引人瞩目了。开始还只是有人探探头，或者敲敲我们的窗子，或者在楼下大喊我的名字，表示不能忍耐这种肆无忌惮的噪音。当他们知道这是根本无法阻止的必然存在时，也就只能横眉撇嘴地将就了。他们还是可以过他们的日子，吃饭，浇花，做藕煤，修自行车，搭个油布棚办丧事，或者打扑克麻将——几位老人为了凉爽总是抬着牌桌追随大楼的阴影，一天下来，几乎由西到东骨碌碌转了一个圈。设想某一天，牌桌边少了一位常客，再也见不到了，我就会相信那是旋转的离心力把他甩出去了，甩到那边办丧事的油布棚里去了。

房管所来了人，把这栋老砖楼房里外看了看，判定为危房，开了个什么单子，计划加以整修。我暗自歉疚，总觉得几十户房子的破损全是我家嘣嘣嘣敲出来的。

我开始脱头发，每天早晨醒来，枕上都有稀稀散散的青丝，拢起来足有一小撮。我也开始喜欢戳老鼠洞，围着楼房机警地巡查，竹竿火钳一齐用上，还叫妻子挽起袖子帮忙，热火朝天轰轰烈烈地大干。而且我开始更多地与别人吵架。那天国骏来找我，头发光亮亮的，照例说起他们单位里糟糕的官僚主义。我本来想附和他，这是毫无疑义的。他一定是猜到了这一点才说得口若悬河长驱直入，把瓜子嗑得那么响亮。可我一开口，自己也不相信自己的话。我说民主真他妈的可笑，说民主不就是群氓压制天才吗，说开明的皇帝比浅薄的民主要好上一万倍，不是吗？……我说这些的时候，还恶狠狠地瞪了他一眼，似乎早就看出了他根本考不上研究生，也无法买到他渴望的进口电视机。

国骏脸色发白，惊慌地走了，连伞也忘记带走。妻子瞪了我一眼，收拾着茶杯和烟灰缸，责怪我何苦要同客人这样争吵。

"我同他吵了吗？"

"怎么没吵？你看国骏都气成那样了。"

"国骏？你说国骏？他刚才来过了？"

嘣，嘣，嘣——幺姑又在敲打桌子，还有娇声娇气的呼唤。我立即异常灵活地去拖便盆和扯下烤得暖烘烘的尿片。

一阵忙乱终于过去，家里沉静下来。妻子悄悄把头靠在我肩头，想说什么。

"去看看炉子吧。"

"这是没有法子的事。"

"你先睡。"

她轻轻叹了口气："幺姑这是在讨账。"

"讨账？"

"铭三爹说的，她先前给了别人多少恩，现在就要给别人多少难。一笔笔都要讨回去的。这叫讨账瘫，是治不好的病。"

"还有香烟吗？"

"铭三爹说，没讨完账，她不会死的。"

"你去睡吧。"

我再次拿起那份报纸，却记不起刚才看到哪里来了。那份报纸在我眼前一片黑，发出轰轰轰的呼啸。

五

凭着门后那个草编提篮，我不应憎恶幺姑。这不公平，太不公平。可一切都无法挽回，当团团蒸汽把隐匿多年的另一个幺姑擦拭干净，推到我的面前，一切就再也无法挽回。

依然名叫幺姑的这位妇人——我只能这样说——已经丧失了仁爱、自尊、诚实以及基本的明智，无异于一个暴君，对任何同情者和帮助者都施以摧残。她的残酷在于，她以幺姑的名义展开这一切，使我们只能俯首帖耳和逆来顺受。她的残酷更在于，有关幺姑的记忆因此消失殆尽，一个往日的幺姑正遭受遗忘的谋杀。我能怎么办？

这位妇人总是恶狠狠地看我一眼，控诉保姆偷吃了她的猪肉，控诉我们不给她买猪肉，控诉我们串通一气，存心要饿死她。我买回五个闹钟，也无法保证每天晚上准时帮她排尿。我们家里满屋子蓬蓬勃勃的尿臊味，总是使保姆们惊慌辞工。现在请保姆太难了，家政服务介绍所门前那黑压压一片女人，都在打听哪个商店在招工，打听八小时之外加班有多少奖金。我一走进那叽叽喳喳的声浪，就觉得自己是个乞丐，无耻地算计着她们的钱包。

不知为什么，我一大清早就敲开了老黑的房门。她探出脸来眨眨眼："就天黑了？我还没吃晚饭哩。"

门里同时涌出狂乱的打击乐声响。

我一听到这别致的早安问候，就觉得说不出话来。看着墙上一把日军指挥刀和一个旧钢盔，只能沉默。

"你要的民歌磁带，我借来了，但忘在家里。"我没话找话。

她把半只冷馒头往桌上一摔："乔眼镜有什么了不起，老娘与他势不两立！"

我说："你要民歌磁带做什么？"

她说："真怪，床下老是嘣嘣地响。"

"你这个房子，该装修一下了。"

"你会不会修洗衣机？我的洗衣机总不进水。"

我朝那床下瞥了一眼，那里除了几个油画框子和一双男人的臭袜子以外，空空的什么都没有。

我们说了一些话，但没一句可以对接，没有一句自己事后能明白意思。我只能怏怏地回家。

我只得另想办法。我终于从一位远亲那里打听到，珍婆是幺姑几十年前结拜的一个妹妹，眼下还在老家乡下。我对妻子说，可以考虑把幺姑送到珍姑那里去。当然，这个，就是说，可以这样理解，换句话说，没有什么不好。落叶归根，不正是老人们的心愿吗？乡下新鲜的空气和水不更有利于治病康复吗？乡下的住房不是更宽敞而且人手不是更多吗？……我们可以找出足足一打理由来说服自己，证明这种念头的高尚实质。

我把苹果削好，给路过我房门前的邻家小孩吃了。我不知道他们父母的眼中为什么会透出诧异，是不是我热情慷慨得有点突兀？

我当然从未见过珍姑，甚至从未见过老家乡下来的人，以至在我的想象中，老家在一个比月球还要遥远的地方，不知那里的太阳是否逼真得有点可疑，是否就是我们共有的这个太阳。

乡下回信了，也来人了，是珍姑的两个儿子，用绑在两根竹杠中间的躺椅，拉拉扯扯地把幺姑抬走。幺姑竟一把鼻涕一把眼泪地不肯走，骂我没有良心，骂我们将她卖给人贩子。幸亏这一骂，我酸楚的心情突然变得冷漠和强硬。

是你有意这样开骂的吗？是你存心要让我变得冷漠和强硬从而不再对你有所牵挂？幺姑，你为何要把我最后一线牵挂也强行剥夺？

我躲在厕所里大哭了一场。

后来，听说她在乡下还过得不错。

后来，我们谈到她的时候越来越少。

我感激珍姑，这个天上掉下来的阿婆。我不知道幺姑与她是在什么时候结拜，又出于什么因缘而结拜为手足？这里面是否藏着平淡无奇或惊心动魄的故事？正如我不知道为什么家乡人总是说祖先是一只蜘蛛，不知道那里的女人名字里为什么大多带有"婊"字，不知道家乡人为什么常常对一切女性统称为"婊"而不区分伦常——有学者说这是原始制度在语言中的遗痕，令我暗暗吃惊与疑惑。

因为幺姑，我才知道有一个珍姑，曾经能舞马弄枪，参加过抗日游击队，当过妇联会长。因为有这个珍姑，我才有机会回到家乡，看到我身上血液的源头。这是一个坐落在小河边的村寨。一幢幢苍黑的木楼两厢突出，正堂后缩，形成口袋形的门庭，据说可以吞吃和威慑妖怪。家家大门上都悬有一块镜片，据说那代表海，代表远祖的发源地，也可镇服阴邪之气。跨入大门时，眼睛好半晌才能适应黑暗，发现神龛赫然耸立在面前，上面供奉着列祖列宗及一些不见于经传的神鬼。

很多木楼都左偏右斜，不似砖房那样挺直端正。似乎木材从山里砍伐来以后，还有生命，还能生长，在一段时间的挣扎之后，已让楼房生长出各各不一的形态，生长出五花八门的表情。这些木楼前常有美丽花朵，红艳艳的牡丹或芍药，砰然击穿了绿色的宁静，却不大被山民们注意。

沿着小河一路下来，两岸经常可以看见山上错错落落的寨子，如停息山头的三两黑蝇，一动也不动。丰沛的河水漫江横涌，下行的篷船飞滑如梭。突然，船两旁的水声变得激烈，水面开了锅一般爆出狂乱水花。不用说，船正在"飚滩"了。船家十分紧张，瞪圆两眼选择水路，把艄的和掌篙的都手脚暴出青筋，互相吼着一些船客不易听懂的行话。水面形成了陡峻坡面，木船简直是在向下俯冲，任大片大片的浪帘扑进船舱，溅湿船客的衣服。但在船家大声呵斥之下，船客暂时不得乱动，也怯怯地不敢叫唤，因为船头正向一个池塘般大小的旋涡撞去。哗的一声，小船居然没有倾覆，而且把旋涡甩到了身后。待耳边水声逐渐敛息，船客们回头一看，不知何时船已过滩，刹那间把苔迹斑斑的孤塔甩下了好几里。

遇到水势更猛的险滩，船老板就必定放空船下滩，请船客们上岸步行一段，这样比较安全。顺着残堤一路走去，船客们可闻采石建桥的叮当声，大概公路不久就要伸入这片群山了。船客们可闻伐木扎排的笃笃声，山民们正准备将黄柏木和楠木一类解成木板放出山去。有时，还可在沙哑的唢呐声中撞见一队少年，各捧一个木盘，盘中有红纸，红纸上或是玉米，或是稻谷，或是一张张铺排齐整的纸钞，却不知是什么意思，在进行何种仪式。

船进入碧透长潭，则水平似镜。前面的两岸青山缓缓拉开，撕出一道越来越宽的天空。而后面的数座屏峰正交相穿插，悄悄把天空剪合。这就叫山门吧。船至门开，船离门合。一座座不动声色的山门，把人引向深深的远方，引向一片绿洲或一片石滩，似乎有一个人曾经在那里久久等待的地方。

船家请船客们抽烟和喝茶。要是你愿意，还可爬进篷舱，钻入船家黑油油的被子里睡上一觉。船家说起同行们捞沙的好收入，说起自己少年时的种种奇遇，还指着右边山头，让我们看边墙。他说他祖爹当年曾经被招募去修墙，当时筑墙一丈可得银一钱二分哩。他说那时候营哨林立，兵丁不论晴雨日夜都要接替传签，沿墙巡视。有一年又闹土匪，游兵每人揣一颗熏烤干制的人心，用以壮胆。

船身摇晃，船客都争着探头去看小长城，欢呼看见了看见了。

但我颈脖扭得酸酸的，眼睛盯得干干的，却什么也没看见。真是怪事。眼前明明只有一片青翠山林，一些黄色的蝴蝶明明灭灭于草浪当中。不仅没有边墙，甚至不像有任何大事曾经在这里发生。

看见了——他们看见什么了？他们的眼睛莫非和我的不一样？

我登上岸，拾级而上，看见前面几个伙棚，两个白光闪闪的银匠挑子，还有老墙上的一些布告。有熙熙攘攘的家乡人，三两聚集低声言语。其中伙棚里几位老人，又瘦又黑，言语腔调都酷似我父亲，不由得我心头一震。他们或吮着竹烟管，或端着小酒盅，胸有成竹地盯了我一眼，又嘀咕他们自己的事去了。从他们的神色来看，他们是在嘀咕多年前游兵们巡墙的事？

我总觉得身后有人叫我，回头看，是一个黑脸汉子喊他的丫头。一位店老板笑了笑，问我是哪里来的，要办什么差事。听过我的自我介绍，他眼光发直地呵了一声，立刻猜出我是谁家的公子，并熟练道出我父亲的姓名——看来乡下人对我的家族了若指掌。几位老人也立刻冲着我露出黄牙，点点头，向座中一位外乡人，慢条斯理地介绍我父亲是谁，介绍我幺姑是谁——据他们说，幺姑曾是这里有名的美人。

在小店的对面，在一条干枯水沟的那边，是一个大操坪和低垂欲跪的篮球架，还有一栋青砖平楼以及砖墙上的石灰标语。孩子们正玩得很快活，叫叫嚷嚷，跑得热灰扬起来，使墙根都糊上一层黄乎乎的尘垢。店老板告诉我：这里原来就是我家的大宅，三进三出，跑马楼，后花园，老照壁，画栋雕梁，十分威风。老房子是建学校时推倒的，只留了旁边几间杂屋。以前佃户送租谷，上了岸以后都走后门进仓，现在右边杂屋旁边那条光滑滑的小径，就是由佃户们踩踏出来的。

我确实看见了那光滑的小径，很凉，很轻，很薄，镶有青草与绿苔，让我有一种奇怪的熟悉感。我当然从未见过这条小径，但这条小径曾吸走河里一船船的稻谷，养活了我的家族，包括一直活到现在的我。我明白了，父亲以前一直不让我回老家，一定是害怕我看见它。

店老板接着谈起我的五叔爹。我知道，那个玩枪玩马玩麻将的老手，确实是一枪被起义农民给崩掉的。跪着陪斩的还有好几位，祖父就是在一声枪响之下吓聋了。而这种聋，后来竟传给了幺姑。当然，也许聋史还可以追溯到更早的时候，上一代，上两代，上三代……那时候发生过什么事？

"你跟我父亲熟么？"我突然问。

老板笑了笑："哪能不熟？不是乱说，他上省里念书，还是坐吾的船，船上几天都是吃吾的饭。那时候，你家里败啰，成天只能喝粥了。你幺伯不是还被李胡子一索子抢去了么？不就是当了人家的小妾么？你家父还是八字硬，有次去打老鼠洞，在夹墙里三戳两戳，嘿，戳出了两筒光洋……"

"戳老鼠洞?"

"是戳老鼠洞。他喜癫了，抱着就跑。你大伯二伯也不晓得是哪么回事，赶也赶不上。""后来呢?"

"后来，不就是搭伴那两筒光洋，他哪么能念上书?哎哎，还是你家祖坟位置好。修路迁坟时，挖开坟一看，里面尽是蛇，尺把长一条，足足装得半箩。"

"他后来回来过没有?"

"回来过的。吾只听说。"他转向屋里的那一圈人，"覃六爹的老三后来回来过吧?"

一位光头老汉咳了一声，毫无表情地咕哝："回来过的。那年他好革命呵，把六爹亲自押回来，交给农民协会。"

现在我的瞳孔已经适应阴暗，把几位长者看得更清楚了。他们全身油光光地黝黑，而这种黝黑一直深入到指缝、耳背以及头发根的深处。他们如同刚出大油锅，坚硬，精粹，滑腻，紧实，小疙小瘩，沉甸甸地打手。他们审视着我，目光在我脸上刻着，剔着，划着，要掘出一个他们熟悉的人影。这种目光太尖锐，差点掘得我的皮肤喳喳响，差点要把我的脑盖骨掘得粉碎，一直掘进脑髓那糊糊涂涂的深处。我想，只有看惯了枭首、剥皮、活埋、寸割、枪毙的人，他们和他们的后代才会有这种你不堪久遇的目光吧。

我悄悄地为他们祝福，为这里所有陌生的人祝福。我是来看望家乡，看望幺姑的，可怜的幺姑，曾经身为小妾和劳模的幺姑，已经死了。我前天刚刚收到电报，这次可是真的，不像前一次，珍姑的大媳妇没弄清楚便误传噩耗。也许有过了那一次荒唐的悲痛，这一次我心里平平实实，没有预期中的号啕，似乎号啕不合适进入预期，而悲痛也是定量物品，付出一分就会少一分。收到电报以后，我只是马上请了几天事假，马上去借钱。想到乡下那种丧事的繁文缛节，我不能不多准备一点钱。

我离开杂货小店，走进一片柳树林。路边杂草摇着尖尖的叶片。

小路这样寂静，仿佛有个人刚从这里离去。

六

幺姑的味觉很灵敏也很精细。她想吃兔肉，珍姑的老大一早就摸黑骑着自行车往镇上赶，蹦蹦跳跳十几里，看能不能碰上一两个卖兔的猎手。她想吃黄鳝，珍姑的老二就扎脚勒手，提着木桶下田，踩得泥浆呱嗒呱嗒，有时踩倒了人家的禾，免不了还要挨咒。兄弟俩弄回了美食，全家人都不吃，只是熏的熏，腌的腌，留给么姑匀匀地吃。可她吃不了多少，戳几筷子就沉下脸，头扭到一边去哎哟哎哟。

她还有什么不满意呢？是不是闷得慌？兄弟俩又商量了一下，一个去找竹床，一个来搓麻绳，在竹床两头各扎一个绳圈，权当简易担架。他们抬着老姨子出门去散心，看禾场，看河水，看鸭群和蝴蝶，看寨子里某一户养的长毛兔。

天天收工之后，都得陪老人这样玩上一趟。竹床吱吱呀呀地响，麻绳往肩头的皮肉里扣。兄弟俩总是玩得背上汗湿一大块，汗湿的衣又沉又凉，在背脊上扑打扑打。他们弯曲的食指连连刮去脸上的混浊汗珠。

"呜呜——"么姑终于高兴了。

她尤其喜爱货郎挑子，见了就要凑上去，脸盘被琳琅百货所反射的日光抹得飞光流彩。她冲着一个彩纸风车轮眯眯笑，又撮起尖尖的嘴唇呜呜。"大毛，买一个咧，莫舍不得钱，我有钱，买咧。"

于是就买了。

她确实有钱，除了退休工资和我们寄给珍姑的辛苦费，还有一百元，压在她的箱底。她对此记得十分清楚，有时把钱摸出来，要兄弟俩给她一个接一个地买风车轮。有一次，珍姑从那笔钱里借走了几十，买粪桶和猪崽。她发现后很不高兴，成天咕咕哝哝，见到谁都横眉怒目，说有人偷了她的钱。一赌气，她把屎尿狠狠地拉在床上，还按部就班地捶打床沿，直捶得床板一翘一翘，嘣嘣声把猪栏里的畜生都惊得大呼小叫。

　　珍姑气得脸盘都大了，"你捶命呵？捶命呵？哪个偷你的钱？不是说借几天用用吗？你怎么就不记得了？"

　　珍姑只得另外去借钱，把钞票塞回烘箱，眼里泪水汪汪，"吾前世没欠你，没亏你，你哪么要这样来磨人呵？菊花姐也来磨吾，四姐也来磨吾，幺姐幺姐，眼下吾也只有你这一个姐姐了，你要磨死了吾，有哪样好哇……"

　　幺姑也流泪，好像还懂点什么事。

　　想必她能听懂这些话。

　　珍姑常说，好几个姊妹都是由她来送终，幺姐的后事也肯定落在她头上。她现在不能扛枪打仗了，也不能下河打鱼和下田种粮了，侍候人的气力还是有的。她就是想受些磨呵。想起以前的患难交情，她不被姊妹们磨一磨，往后的心里如何好受？这些话是她对邻居们说的。她爱串门，爱说笑，口又无遮拦，甚至自己老倌少年时偷女人的丑事，甚至自己当年在游击队里的相好，都曾在她嘴里四下里广播。她说到恨处就骂，说到乐处就笑，走到哪里都是惊天动地。不过，现在她不能常去串门了，她收养了三个孤儿，一个残疾，一点老革命战士的生活津贴全贴补在这里。尤其是把幺姑接下乡来以后，几乎每天都有满满一脚盆沾屎带尿的衣裤需要她洗刷，几乎每天都需要她来帮幺姑翻身，擦身，喂食，喂药，包括抹滑石粉以防褥疮。她累得眼睛都黄了，牙痛得更加厉害，常捂着半边嘴骂老倌。

两个亲儿子着急，只得暗中策划，这一天联系好一条船，突然要把幺姑送走。珍姑得知后脸一沉，把半瓶农药揣在怀里说："走也则是，吾横直也不想活了。要送就把我也送走，把我们俩姐妹都送到火葬场去。"

老二气得直揪头发，拔腿冲走，住在朋友家好几个月没有回来。

老大两口子斗不过亲娘，但他们爱动心思，便设法让她省些气力。他们终于想起一个办法：在幺姑的床板中部挖一个洞，对垫褥也依样改造。洞上加一活盖，洞下接一尿盆。这样，只要床上的人能及时扯去活盖，将尖尖臀部挪入位置，就能顺利地排便了。

幺姑似乎对那个洞颇为不满，一到内急之时，总是眼珠朝四下一轮，毫不犹豫地照样拉在床上，宣告阴谋对她无效。

老大两口子继续改进工艺，把床榻索性改造成栏垫。这样做的好处，一是通风透气，免得病人生肉疮；二是容易清扫，不论病人如何乱拉，屎尿大多滑下栏垫，落入床下的草木灰，侍者事后只消将草木灰清扫出去便是。至于被褥，当然也得相应改造，变成比较厚实一些的开裆裤。

这样做像是养猪，对病人不大恭敬，不过细想之下又有什么别的办法？

改进还在继续。比方说，把病人头发全部剃光，是怕头发里生虱子。用木槽代替瓷碗，是怕病人打破碗以后用瓷片割伤身体。这些新办法都颇为有效，不仅减少了屋里的臭味，而且幺姑的褥疮渐渐结痂，生出粉红色的新肉。接下来，她饭量增加了，身体也胖了些。但随之而来的问题是：她精力也更充沛。为了满足一个聋子的耳朵，她经常更加猛烈地捶击床沿，更加响亮地叫喊："毛佗——"她盯着屋梁呼唤，"毛佗，你来呵——我看见你了，你想躲我是不行的——"

她把乡政府的一个干部总是当成了城里的我。那后生下户来检查外来人口，来慰问当年的革命老战士，曾穿过她的房，被她一眼看见，就确认是毛佗不疑。还责怪珍姑存心把毛佗藏起来，不让她知道。

她显出一种兴奋，发出一种不无娇气的哼哼，渐渐又转为咬牙切齿的辱骂和控诉："……你们这些没天良的，去找毛佗来呵。他躲在外面做什么？你们告诉他，我要吃药，要吃药呢。他去想点办法呀。他读了书的人，是个会想办法的人呀。你们要他到上海去，到北京去，去找呀。我要吃药，人有病就要吃药，不然就会有矛盾呵。我头晕呵，要吃药呀，你们怎么不给我药呢？你们去找他来，要他不要舍不得钱，不要太小气，去帮我找药呵……"

一直叫到重新呼呼地睡去，大嘴硬硬地张开着。

珍姑知道，碰到这种情形，绝不能去理睬她，否则她会更加激动和震怒，双目发直，脑门上青筋暴出来像一条条蚯蚓，一只手因仇恨而变得灵活异常，尽力叉开和痉挛的五指不由自主地如蛇信子突伸突收。

寨子里已有了很多议论。有人说幺姑患下如此恶疾，莫非是因为前世造孽必得恶报？他们碍于珍姑的权威，不敢把这个无后的女人逐出村寨。但他们谈得心惊肉跳以后，还是忍不住想看看一个疯子的景况。珍姑对此非常气愤，常常守在门口，绝不让那些贼溜溜的目光扫进门槛，也不让幺姑撑着小椅子拐出门去。眼角边有了什么动静，她顺手抄起一根竹竿，眼明手快地扑打过去，啪——幺姑必定缩回地上一条炭画的黑线那边——她曾经命令过，幺姑的身子任何一部分都不得越线。

她惩罚了姊妹之后，又朝自己的赤脚扑一竹竿，表示对姊妹的罪过已得到了赎还。

幺姑渐渐体会出竹竿的权威。头几次，她还尖尖地哎哟一声喊痛；到后来，哼哼两下就算完事。最后的结果是完全驯服，见有竹竿在，便规规矩矩不再乱动，蜷缩在黑线的那边，缓缓舔一舔嘴唇。

"回去，上床去！"

"呜呜。"

"穿起开裆裤，蛮装相是吧？"

"呜呜。"

"你那毛佗没有来。你明白吗？他公事多，哪么有时间来睬你这个疯子？他不会来，不会来的！"

"呜呜呜。"

她像个自知有错的孩子，讨好地笑一笑。

珍姑也渐渐体会出竹竿的作用，碰上幺姑不愿拉屎尿，不愿吃饭，只要把竹竿扬一扬，对方就立即规规矩矩。

不过她得照顾其他残疾人和孤儿，也不能老捏着竹竿条子，全天候守着幺姑这一个。这一天她寻思半晌，冲着老大吆喝："大毛，还给老娘做件事，打个笼子来。"

我后来见过竹竿，就丢在墙角，竿头一端已碎裂。我也见过笼子，或者叫笼床吧，除了滑滑的栏垫，都是一根根粗大的杉木，在人们不常触摸的地方，积有黑黑的泥垢，显得笼子更加沉重。木头接榫之处，楔背被锤得开了花，给人一种牢不可破的稳固感。这个足以制服豹子和老虎的笼子，眼下关锁着无比实在的一团空寂。

幺姑竟然可以在这里面生存下去，实实使我惊讶。是不是因为她几乎从未生育，才有如此强旺的精血和生命？听珍姑的老大说，她后来简直神了，不怕饿，不怕冷，冬天可以不着棉袄，光着身体在笼子里爬来爬去，但

巴掌比后生们的还更暖和。在她生命最后的一段时光，一些奇事更是连郎中们都无法解释——她越长越小，越长越多毛，皮肤开始变硬和变粗，龟裂成一块块，带有细密的沟纹。鼻孔向外扩张开来，人中拉得长长的。有一天人们突然觉得，她有点像猴。

她继续小下去，手足开始萎缩，肚子倒是一直膨胀。如果随意看一眼，只见她一个光溜溜的身子，还有呆呆的两个大眼泡。人们又有新的发现，觉得她像鱼。

这条鱼成天扑腾扑腾的，喜欢吃生菜，吃生肉，甚至吃笼床边的草须和泥土。吃饱了，便常常哧哧哧地冷笑，却不知道她笑什么。如果不让她这样生吃，她就不高兴，就用貌似手臂的那只肉槌一个劲地捶打，制造出嘣嘣嘣的生命乐音。不过，人们已经熟悉这种乐音，熟悉到不再注意这种乐音。成人们来珍姑家串门，从不在乎这种乐音的强大存在，比方说并不会伸头探脑地朝里屋看看。只有娃崽们还记得她。他们几次好奇地想潜入发出乐音的那个房间，都被珍姑骂得四下逃散。后来的一次，待珍姑和两个儿子下田去了，他们又偷偷摸摸聚在一起，互相鼓励和怂恿，来探寻乐音的秘密。他们搭成人梯，爬到窗台上，朝墨墨黑的屋里张望，终于看清了笼子，还有笼子里一个活物。

"那是什么东西？"

"兴怕……是鱼人吧？"

"它咬不咬人？"

"娃娃鱼咬人，鱼人不咬人的。"

"你敢摸它吗？"

"有什么不敢？"

"我还敢摸它的鼻子。"

"它在叫哩。"

"它是肚子痛起来了吧？"

"它是要出来玩么？"

……

娃崽们觉得那小个头活物理应是自己的朋友。他们顺着墙根，溜到后窗，从那里跳进屋去，打开笼门，打开大门，甚至毫无必要地打开所有的门，开出了一个四下通畅无碍令人舒放痛快的自由天地。然后，他们把活物连抬带拖地弄出大门，情不自禁地充当父亲或母亲。他们先打来一盆水，帮活物洗了个澡，特别注意洗净屁股。又用一根红布条子，将活物头上几根稀稀拉拉的白发，扎成一个冲天小辫。大概扎辫子时没留心，扯得对方的发根头皮很痛，活物哎哎哟哟地哭了。娃崽们愣了愣，纷纷想法子止哭，让活物高兴。一个女崽威胁："不准哭，白虎鬼来了，谁哭就会把谁装进篓子拖走。"一个男伢又想出更妙的办法，率先去搔活物的胳肢窝。

咯咯咯，娃崽们先笑，接着活物也嘀嘀嘀呵呵呵笑了。显著的效果使娃崽们信心大增，兴致大发，都争先恐后地去露一手，搔腿搔腰搔颈搔脑袋，一头头黑发聚在一起，此起彼落地拱动……活物终于发出一声大叫，眼里充盈着浊泪。

据说她还嘟哝了一句什么，但无人听清了。

我又听说，有人还是听清了，说她嘟哝着一碗芋头。另一个版本稍有不同：有人说她嘟哝着自己的头晕。

我不知道么姑是不是就在那一天死了。反正我从乡亲们嘴里听来的就是这些，以后的事无人提及。她是怎么死的，比方是不是乐死的？是不是死于全身脏器衰竭？我也不知道。我坐在珍姑家的火塘边，听着山乡寂静的黑夜，捧着晚饭前必有的糖茶。桌上有四个小碟，分别装有玉米、南瓜子、红薯片、米糖杆。小碟被珍姑收走以后，她又端上大钵的肉块，都是出自瓦坛的腌制品，有鱼酸、牛肉酸、猪肉酸、麂肉酸，此外还有酸辣子、酸蒜苗、酸胡葱、酸萝卜、酸蕨菜，琳琅满目。看到一串串黄溜溜的东西，我初以为是酸藤豆，后来才知是酸蚯蚓，而蚯蚓下面的一颗颗硬物，则是酸蜗牛。老家人爱吃酸，我早有所知，但今天还是大开眼界。

我看了珍姑一眼。这位老游击队员年近七旬，仍然腰板挺直，头发熨帖，声音响亮，大脸盘子被柴火映得金光闪闪。她大手大脚，大声大气，大襟衣，大奶子，大鼻头，全然一种爽爽朗朗的大，一下就能笼罩你和感染你。她不由分说地给我夹菜，老是问我一声"苦不苦"——我知道这就是问菜咸不咸——家乡话里咸苦不分。

她又夹起两块猪肉，眼圈红了，说这只猪是幺伯看着捉进来的，看着长的，幺伯还帮忙斩过猪草哩。可惜幺伯命苦，没赶上吃肉。她把猪肉送入我旁边那只空碗，含含混混地说："幺姐，你尝尝。"

碗边，是一个空虚着的位子，是整个黑夜的边沿。

幺姐，苦不苦？你尝尝。

位子还是空虚着。

她撩起衣角按按眼角，声音碎碎瘪瘪地从喉头挤出："你幺伯，想苦了，把肠子都想绿了，想黑了，想枯了，就想你来……你么姑命苦呵。她以前是这里最标致的。一上街，后生就追着看。来提亲的人，把门槛都踩烂。"

我点点头，觉得听懂了她的话，以及她没有说出来的话。我大口喝下包谷酒，觉得全身热起来，头重脚轻，动作有些飘忽。我看着火塘升起的闪闪火星，急匆匆向黑色屋顶扶摇而上，一颗颗在那里熄灭。我觉得它们熄灭在宇宙的深处。

更要命的是，在这最需要眼泪的时候，我仍是两眼干干。

七

我起得太早了，伸手不见五指，掩门时珍姑还在熟睡。

其实赶场用不着去这么早，杀猪的和炸饼的一定还没有去，可我总觉得应该早一点，去走走月光泼湿的山路，第一个看到太阳。

我深一脚浅一脚走进墟场，暗中被什么东西撞了一下，大概是树干，或是伙棚的柱子。我瞪大眼睛仔细搜寻，终于看清了残月，还有月下一道黑森森的陡岸——

那当然是小镇的连绵屋脊。

不知为什么还不见灯火，不闻鸡鸣与狗吠，以及人们开门时的吱吱呀呀，莫非现在还是深夜？是我的手表欺骗了我？我摇摇表，喘喘气，继续向前摸去。忽然，一脚踩着了个软乎乎的东西。在迅速缩脚的一瞬间，我感到它是个肉溜溜的活物，忽的一下窜走了，想必是一条蛇。我退了一步，可另一只脚又同样踩到了软乎乎的东西，那东西大概出于惊慌，一扑腾，从鞋底下挣脱，竟顺着我的裤腿往上蹿，小爪子细细碎碎地一路扎上来直至腰间，幸亏我手忙脚乱地扑打，它才通的一声回到黑暗中。我冷汗大冒，背脊发凉，两腿软软的再也不敢移步。

憋住呼吸细细听去，似地面发出隐隐约约的潮涌之声。我低头一看，发现一团团黑影飞掠而过。天哪，老鼠！这么多老鼠！这么多老鼠在列队飞奔！

我记起来了，这些天上面来了一些人，抄着三脚架水平仪一类，寨前村后地一个劲忙碌，又召集群众大会，问大家是否发现了鸡飞树丫、井水升涨等异兆，同时嘱咐乡民们统一警号，轮流放哨守夜，住砖房的尽可能搬进木房等等，于是人们便纷纷议论地震这件事。那么眼下莫不是要地震了？不然为什么有这么多老鼠跑出洞穴？它们是不是已经预感到地表以下一场轰轰烈烈的战争正迫在眉睫？

很久以后，我才想到幺姑曾预言过这场地震。她生前常常觉得头晕，还一再说到"地动山摇"这个词——那当然是暗指地震了。她眼下已经消失。那天的葬礼上鞭炮叭叭炸响，在空中绽开一簇簇瞬时生灭的金色花朵，把白日炸得千疮百孔，炸出一股股焦糊味。唢呐沉沉地起调，又沉沉地落下去，飘滑于身前身后不可触摸的空处，缓缓地锯着颤抖的阳光。吹唢呐的是几位汉子，有的驼背，有的眼瞎，有的瘸腿，脸上都毫无表情，或望着眼皮下一块石头，或盯着路边一棵小草，埋头互不搭理，甚至目光也从不交遇。只是听到锣鼓默契的启导，便悠悠然各自舔一下嘴唇，腮帮鼓成半球形状，抱起唢呐锯将起来。他们随着前面摇摇晃晃的棺木，随着扑扑翻卷的招魂旆幡，缩头缩脑登山而去，在一片油菜地里踩出凹凹凸凸的脚印。更有意味的是，幺姑的棺下垫了一层密密的鼠尸，就像我后来在镇街上看到的那种，不知是出于什么习俗。

地震？地震啦——我终于发现，自己的喉管根本没有发出声音。我把自己的手捏了一下，看是否在梦中。我还发现，小镇到处都是房门紧闭，对我的叫喊毫无反应。只有很远的一栋楼房迟迟亮起了一星灯光。不知那是学校还是镇公所。我着急万分，听出窸窸窣窣的声浪越来越大，看见一串串老鼠从门缝里、树洞里、小巷里以及菜园里蹿出来，汇成巨流，盖满一街，漫向墙基和水沟，此起彼伏你蹦我跳，形成遍地的朵朵黑浪。我想提脚让开它们已经没有可能。一路走去，脚脚都踩着老鼠，软塌塌的，滑溜溜的，人就像踩在棉垫上摇摇晃晃，又像踩在一片散木上滑滑溜溜。无论我怎么跳跃和怎么选择，也踏不到一个稳定落点。更奇怪的是，被踩的老鼠既不叫唤，也不反击，只是从鞋底扑腾挣扎而出，继续它们慌乱的奔跑。它们顶多是被踩晕了头，在你的腰间或者肩头盲目地蹿上一圈，又跳下去追随自己的队伍。它们比肩接踵，一往无前，庄重地信守着一个你无法知道的计划。

就这样，我一直在鼠河上踏浪而行，在鼠群的包围中左冲右突，在鼠群的腥臊味中差点晕了过去。我东偏西倒地跑一阵，又走一阵，又跑一阵。我捶打着每一张门：地震啦——

前面是一段石阶。鼠流到了这里以后就形成鼠瀑，顺着石阶滚下去，滚成一个个鼠球和一个个鼠筒，直到滚落阶底才溃散开来，露出一些灰白色的小肚皮。鼠瀑的力量是如此之大，已经把前面一伙棚冲倒，一块门板，几根木头，还有木桶和稻草什么的，都在鼠河上旋转一圈，漂荡而去。遇到前面街口的狭窄小巷，鼠流便陡然增厚，淹至居室的窗口。有几只黑鼠甚至跳上屋顶，继续朝预定的目标奔行。我已经看见了码头与河流，看见河面反射着残月的薄光，透出潮润的寒意，扬起丝丝缕缕的白雾。但鼠流没有在河岸停止，也没有折回，竟沙沙沙地一直向河里倾泻而去。整个鼠流如一匹长卷地毯，一直铺下码头，被河水毫不费力地收束，溅起的浪花声如同广场上的欢呼声。前面的老鼠沉没了，后面的老鼠还是踏着沉没者向前。后面的老鼠又没顶了，再后面的老鼠踩着没顶者继续向前。从水里翻出来的黑鼠湿津津的，水淋淋的，乱抓乱跳，拼命挣扎，以至不少黑鼠递相咬尾，五六只连成一串，在水中浮动翻腾如一条黑鞭。遇到木船的黑鼠则争相攀高，顷刻间船篷、船杆、船舷、船桨上都驻满黑鼠，宛若一座河中的鼠岛。

但那不是鼠岛。我看清了，它是一只盛满炭屑的草编提篮，幺姑的提篮。

    大岭本兮盘古骨，

    小岭本兮盘古身。

    两眼变兮日和月，

    牙齿变兮金和银。

    头发变兮草和木，

    才有鸟兽出山林。

    ……

    招魂师唱起来了，你们也跟着唱起来了。我感谢你们眼中的泪水以及义重如山的一程相送，更感谢你们原谅我的两眼干干。我给你们下跪。你们将一把把白米抛撒，让它们纷纷落向墓坑，跳动一下就不再动弹。在你们的歌声中，远山变得模糊而柔软，倾斜的岩层在缓缓起伏蠕动，如凝固了的汹涌浪涛又开始了汹涌，要重演洪水滔天的神话。一切音响都被太阳晒得透明，晒成静静的盐，在浩荡的波涛上闪耀。

    气化风兮汗成雨，

血成江河万年春。

在你们的歌声中，有大地震晃，山岩崩塌，远古突然迫至眼前。地震啦——天书已翻展，弓弦已张开，血淋淋的牛头高悬于部落的战旗之下，你将向哪里去？苦蕨似的传说遍布整个世界，惊醒每一个时间黑洞之梦，在大漠，在密林，在月色清秀斑驳的宫廷，我究竟在哪里？远古一次划出天地界限的临盆惨叫，使炎黄之血浸入墙基和暗无天日的煤层，浸入阴谋般纠结撕咬并嗡嗡而来的象形文字，你将向哪里去？呵呵，洪水滔天洪水滔天，一个人死了，地震了，墙垮了，谁也不能救她。太阳终是遥远，流星落入彩釉，以眼还眼悄声碎语终是须臾，唯时间在年年的谷穗上昭示永恒和太极之圆满。那究竟是为了什么？一次次死亡结成人类的永生，指向玉树琼宫，香花芳草，粮山棉海，鸾凤和鸣，善男子善女人携手联袂人面桃花欢歌如潮，那无比实在的辉煌你将向哪里去？从来就有高原，从来就有星座和洞穴，从来就有剑戟相拔和野渡空舟，从来就有枯涩的儿童之眼和不孕妇女的空镜而蝼蚁般的人流你将向哪里去？墙垮了，地震了，纵使每一页日历都是千万人的忌日，纵使每一条道路都没有终点，纵使禁锢和放纵都行将变质，但你难道不觉得岩层中渗出的回答甘之如饴？善男子善女人在残碑上历历在目以沉默宣告万世之箴言：一切播种都是收获不是收获，一切开始都是重复不是重复，金木水火土那长出了青苔的隆隆人类之声你将向哪里？

小岭本兮盘古身，
两眼变兮日和月。

人们还在唱着和唱着。

终于地震了，后来人们说连山上的边墙都震得全无，最后一点残迹也被扫荡干净。我去看过，是真的。

八

老黑刚从派出所回来，没落个刑事拘留已是万幸。为了帮一个姐儿们出气，她用酒瓶把一个男人砸得头破血流，是英雄还是暴徒，没人能说得清楚。我见到她的时候，她刚出浴室，头发湿乎乎的，全身鲜润热气从衣领里溢散出来，乖态可掬地蜷缩在沙发里。随着一转头，她脖子上一根什么管子挺突得很厉害。"哥们儿，刚才你递鞋子进来，没想到要把门推得更开一些吗？"

我笑了，"你要调戏我，也得用点新招吧？"

"臭王八蛋！"她两眼一瞪，"别他妈假正经。哪天我叫上一两姐儿们把你强奸了，废了你的假牌坊。"

"那你多有面子？不是更加惨透了？"我笑得更厉害。

她这次没有笑出来，肯定被我说着了，说痛了，只是朝我背上一拳狠捶。她已经有了灼灼白发，脸也像干裂土地正分布皱纹——想象她还经常向别人表演气功，昏昏灯光下一定很有巫婆风采吧。她为什么还要那么颠来颠去地逛时装店？为什么还那么喜欢在男人面前作痴作娇作高深作刻薄同时不失时机地媚笑？笑一经过设计，就会有问题，过早绽出皱纹是自然的。何况谁都知道，她那张薄唇小嘴通向一套被烟草熏得焦黑的肺叶，还有过多杂食散发出恶臭的肠胃。

这确实有点惨。人总会老的，很难无往不胜。而且胜了又怎么样？有一次她自言自语地溜出一句："真没意思，男人一关门都说同样的话，怪不怪？"

当时她正在擦皮鞋，望着鞋尖凄婉一笑。

于是她打电话把我请来，大概想让我填补她周围的空白。她一定是看准了我正被单位上的改革弄得灰头土脸疲惫不堪，相信我已虚弱得不堪一击。如果是这样，那就更惨了，我竟然用手抹了一把脸，轻轻拍了拍沙发的扶手，"该走了，我还有事去。"

大概男人们溜走时也说着同样的话，借口有同样的可疑。

"走吧，你们都滚，滚远点！"她气概非凡地一甩下巴，但停了停又嘀咕着该去买点方便面。其实她不这样嘀咕，我不会认为她送我一程是如何卑微。她该怎样做就怎样做，不必太花心思研究自己的理由。

"今天的天气真好。"我说。

"他妈的，我要买安眠药。"她说。

"你晚上多梦？"

"床下老是嘣嘣地响。"

"没查出什么原因？"

"有什么原因？肯定是干妈找上门来了。"

"你也信这一套？教师同志。"

"什么信不信？这是事实呵。我欠了她的，她不磨我还磨谁？我都花钱给她做了超度，她还是不满意……"她说起和尚与道士的超度，还有昂贵的法事费用。

"你也许该去外地散散心，或者换个工作，你比较感兴趣的工作。"

"算了，我早把一切都看透了。"

"包括把看透也看透?"

"不要给我上哲学课。你不觉得可笑?"

"你一直在享受着很多人的好心，这并不可笑。"

户外的阳光如此强烈，使我微微眯眼。一回头，看到她夸张蓬松的发型，我突然觉得她头重脚轻，再加上两只大眼泡——她居然也像一条鱼。

我没敢说出来，匆匆告辞走了。摩托车的后视镜里，闪过一辆辆卡车和繁忙的大街。一栋栋大楼正待竣工，好像要从脚手架和安全网的蛹壳中挣脱出来，伸展美丽的翅膀腾飞而去。一座大桥仍然紧张地拉开弓弦，使我驶向桥顶蓝天时不无担心，担心顷刻间弦响弓颤，大桥会把我弹入太空。万吨万吨的金光，此时正从太阳那一孔捅开的炉门中涌出来，咣当咣当地浇泼给城市。

一个小伙子不知为什么又叫又笑，蹬着一车水果以及一位少女，被我甩在后面。他上身那铜浇铁铸般的肌肉，鼓起一轮轮一块块的，令我忍不住羡慕地回头，盯一眼他的脸。我觉得这一身生气勃勃的肌肉是个好兆头，也许能使我在前面的路口遇见什么人——我从不相识但一直等待着的一个人。

我正逼近那个平凡的路口。

我将要看见什么？曾经等待过什么？

我终于避开那个路口，朝另一条街道驶去。

时间已经不早，回去首先是吃饭，吃了饭就洗碗。生活就是这样。生活就应该这样过。记得幺姑临死前咕哝过一碗什么芋头，似乎在探究人生的某种疑难。这句话在我胸中哽塞多时，而现在我总算豁然彻悟，可以回答她了：

吃了饭，就去洗碗。

就这样。

嫛。

1986 年 1 月

鞋 癖

韩少功

＊ 最初发表于1991年《上海文学》，获同年上海文学奖，后收入小说集《北门口预言》，已译成法文、日文、荷文等在境外出版。

一

妈妈说，父亲理发去了。

妈妈说这话的时候是二十多年前。

初秋的一天，天气很热，夏天还晾在金光灼灼的窗户上。我想象那天父亲照例把衣领整理得十分逻辑与理性，十分合乎社会公德，与守门人谈了几句关于修理自来水管的话，然后踏着地上老槐树的白色花瓣，从容地朝着阳光迎面闯过去了。

派出所接到了寻人的申报，但一连数天没给任何消息。妈妈便自己去寻找，搜寻一切不怀好意的地方，比方铁轨或水井。我想象她找到了不少陌生的面孔，有的挂着漂亮的耳环，有的嘴里镶了金牙，有的脸上凝固某种对邻居或亲人的愤愤不已，但他们都很陌生，不是妈妈搜寻的目标。那是一个人口突然减少的季节，不是因为战争，也没有瘟疫，而是一场政治风暴袭来——而这场风暴将来终究会被遗忘或者误忆。

人们兴高采烈地竞相揭发和游行，连我也同样处于激动和亢奋之中，以至我父亲去理发的那一天，我居然不在家，一连数天在外地享受革命学生的免费旅行，到处观看大字报和标语。

看见母亲每天傍晚怏怏地空手归来，父亲单位上好些面孔总浮出一丝胜券在握的微笑。其实，他们在我父亲办公室的抽屉里找到了遗书，遗书说他有罪，是反党反社会主义的罪人，说他希望家属子女都与他决裂，永远忠于革命等等。他死到临头还那样语词简洁语法严谨标点准确。但那样一张纸，哄得过那些经常做体操又经常吃补药的同事吗？那些我一直称为伯伯阿姨的面孔，都满脸深刻、机警、大智大慧，竞相把每一声咳嗽都制作得底气十足老沉练达和意味无穷。他们轮番来启发我们全家：你父亲的哲学课和语法课都讲得很好，这样个聪明人怎么会自杀呢？怎么可能自杀呢？不不不，你们得仔细想一想，再想一想，他不可能到什么朋友那里去了吗？比方说，在美国或者台湾是不是有朋友？……

这样启发的时候，伯伯们和阿姨们总是对我和善地微笑，期待着我热泪盈眶，然后勇敢坦白与父亲的合谋。

妈妈惊恐地叫起来："不会的，他只拿走了四毛钱，他绝不可能叛党叛国……"

"为什么总没找到尸体呢？"

"活要见人死要见尸吧？"

"他难道蒸发了不成？"

他们一针见血。

尸体便成了一个问题。没有它，悬案就没有结论，我们就摆脱不了同案合谋的嫌疑，就得永远被警觉的目光照顾，就一天也少不了听那些令我们心虚气短的咳嗽。从门外那些脸色看来，很多人们在摩拳擦掌地等待，看吧，好戏还在后头，真相总要大白，事实一定胜于雄辩。这使我们突然明白：对于我们来说，父亲活着不会比死去更好。

妈妈整个人瘦了一大圈，急得太阳穴深深地坍塌下去，哭泣时一丝丝晶亮的鼻涕被揪甩出来。"人又不是一根针。一根针也可以找到了。这么大一个人怎么就找不到了呢？你就是上了天入了地也得留个影子吧？"

她诅咒父亲："你好蠢，好蠢呀。你要死，就干干脆脆去死，明明白白地死呵。儿女都小，你不要糟践他们呀，不要拖累他们呀。这院子里有井，家里有电线，街上有汽车，药店里有安眠药，哪里不能死呢？……"

我也在偷偷思忖：父亲可千万别还活着呵——虽然这种闪念使我深深惊恐，自觉大逆不道而且残忍。

妈妈的哭泣没有使门外的面孔们释疑。他们仍然沉着地看报纸和熬药，沉着地扫地和洗衣，乘凉时把蚊虫拍打得叭叭响，且看这妇人如何再表演下去。在我听来，那夜里此起彼落的叭叭叭，似乎是欢呼新生活开始的从容鼓掌。

妈妈开始了一个更为宏大的寻找计划。她拉上姑姑，每天早晨带上干粮和水，带上遮阳的草帽和蒲扇，两人手挽着手坚定出发。我在家里做饭，等待她们回来。在我几乎绝望以后的那一天，妈妈静静地出现在门口，头一昂，眼里闪耀异样的光辉。左邻右舍也闻风涌入我家，挤得椅子吱吱嘎嘎移动。"找到了么？""找到了么？"……所有的目光都投向我妈。她头一扭，根本不理睬这些家伙。姑姑则小心地说，她们在湘江下游十几公里处的地方，访到了一位农妇。农妇说一个多月前岸边曾漂来一具男尸。妈妈与姑姑随着农妇的引导，找到了河滩上一个临时坟堆。一时找不到工具，两人就用手指去抠。不过几分钟，妈妈就抠到了泥土下一个她所熟悉的衣角，还抠到了一张满是泥巴的嘴——我想象，那个男人曾恨恨地把这个世界咬了一口？

"怎么断定就是他呢？"一位阿姨不甘心没有来自美国或台湾的电报。

母亲神色激动地宣布，断什么定？有他的鞋子，有合得上的时间，有当地派出所拍下的照片，还有他的羊毛背心……还有什么屁放吗？他死了！死了！

妈妈的鞋子糊满黄尘，成了个泥壳，右边一只鞋已前头开花，露出了大指头。她用胜利者的眼光扫视那些面孔，看他们如何躲躲闪闪地表示信任，表示理解，表示迟到的同情，看他们等候多时之后沮丧而乏味的支支吾吾。妈妈赢了。

大姐哭起来了。

大哥哭起来了。

妈妈也哭了。我们全家有了理直气壮哭泣的权利。我们哭得如释重负安心落意乃至有些兴高采烈——哭声是确证父亲已经死亡的凯旋与庆祝。

但父亲永远不再有了。他消失于一九六六年九月二十七日。这就是说，我们吃早饭的时候，他不再有了。

我们吃中饭的时候，他不再有了。我们吃晚饭的时候，他不再有了。我们吃完饭洗碗的时候，他不再有了。我们洗完碗喝茶的时候，他不再有了。我们边喝茶边谈论天气或谈论邻居或谈论政治的时候，他不再有了。我们上厕所或去浴室的时候，他不再有了。在我们的一切时刻，他不再有了。

二

父亲是否真正死了，其实我总是疑惑。

他不再有了，不再在我面前语法严谨地阐述党报社论以及谴责自己的过错，但他就不可能在别的一扇窗子后凝望？或在远方的一条街道上行走吗？不在并不一定是消失。以前他出去讲课，开会，下乡支农，都不在我面前，没有什么奇怪。"不在"为什么就必定是"死去"？一九八八年，我乘船渡海迁居海南岛的时候，一九九一年我乘机飞离国门看窗外大地唰唰唰滑落的时候，还在困惑于这个问题。似乎我在轮船和飞机指向的前方，还可以找到一个熟悉的身影。

如果不是因为害怕和慌乱，当时我应该跟着母亲和姑姑去河滩上迁坟。那样我可以找到更多的根据，证明陌生河滩上的陌生死者，并非我父亲。

派出所提供的照片，只是一个模模糊糊的肉球，光滑闪亮，膨大松泡，除了眼角一条皱纹有点让我眼熟，那肉球与父亲面容并无太多相似，很有假冒之嫌。大姐还告诉我，死者身上的毛线背心也不大像母亲所为。母亲的针线要粗得多，织出的男式背心不应该是那种麻色，应该是一种浅灰色。

是的，我也记得是浅灰色，浅灰色的毛线背心到哪里去了？

我仍能嗅到父亲的气息，是他柔软腹部渗出来的温鲜，是他腋下和胸口汗渍的微酸，还有刮过胡子以后五洲牌药皂的余香——妈妈常要他用这种药皂，防治他的神经性皮炎。这种气息来自那一个晚上，当时我跟着他假期支农后刚刚回家，睡在一只竹床上。我醒了，背上很痒很舒服。我发现他正用蒲扇驱赶蚊子，轻轻抚摸我光溜溜的背脊，小心剔着我背上暴晒后脱落的皮膜，似乎在对妈妈说话又像是在自言自语："毛伲真是长大了，十三岁的人就能挑一百二十斤红薯了。一百二十斤红薯，我看了秤，真是一百二十斤……"

我惊异万分，父亲居然能像其他人的父亲一样，对我有如此亲昵的举动。他平时为什么总是端着一脸严肃，总是离我远远的？

他又说："毛佗也懂礼貌多了。那天吃饭，他在老乡面前还能讲讲客气，说老乡烧菜身手不凡，每一样菜都余味无穷，嘿嘿，余味无穷……"

这是我在农民家吃饭时耍弄初中生的文雅，好容易才憋出来的一句，并无什么幽默和别致。父亲也许觉得儿子的表现未受到旁人的重视，后来转弯抹角一再重提了三次。可惜人们仍没有什么反应，叽叽喳喳说着什么谷子和天气。他大概一直为此事遗憾。

我仍然闭眼装睡，希望时间慢慢走。我装着不经意地翻身希望时间慢慢地走，我装着睡意正浓连嘴都忘记合上希望时间慢慢地走。我害怕他略略粗糙的指头，停止——在我背上的抚摸。

我忍住了鼻酸。

他是个谨小慎微的人，甚至对自己的子女也软弱。有一次他午睡了，我们几个小把戏愤恨他未能带我们去游泳，悄悄偷走了他的眼镜和香烟，在他头上扎了个冲天小辫，在小辫上挂了些草须。他迷迷糊糊醒来，也没照镜子便出门上班去了。他肯定被同事们哄笑，也忍受着没有眼镜和香烟的苦难，但他回来只是咕哝两句"没名堂"，便算事情了结。我们这才一个个从桌子下或柜子后钻出来。

我还记得，有一天他骑车回家时摔了一跤，右脚被一块破瓷片划了道大口子，血涌如注。路上围了一圈闲人观看。他躺在地上，看见我哥哥挎着书包放学回家，也挤进人群看了看。不知为什么，哥哥没有任何表情和举动，又退出人群自个儿走了。父亲被别人搀着回家，后来向妈妈偷偷说起这事，显得十分伤心。"没名堂，这没天良的，他就自己走了。"但他仍对我哥宠爱有加，尤其对大儿子的作文十分得意。与客人谈话，总是处心积虑地要把话题绕到作文这方面来，然后极为谦虚地提到儿子的作文获奖，说这小家伙生性愚鲁承蒙错爱枉担虚名等等。那时候他满面红光，大呼大唤地要喝酒。

全国闹饥荒的那些年，他患水肿病，双脚肿得又白又大，经常气喘吁吁，一坐下去就怎么也站不起来。但他把单位照顾他的一点黄豆和白面，全让给孩子们吃。假期他还抢先报名，去农村参加劳动，然后带着阳光烧烤出来的一身黑皮，带着手上和腿上很多虫咬草割的血痕，疲惫不堪地回家。家里一大堆南瓜和冬瓜，或者红薯和土豆，通常是支农者的收获。在这个时候，他躺在一边喘息，微笑着享受儿女们回家时的欢呼雀跃。

他常常有些头晕，身体不大好。妈妈便给他买了一个很大的牛肉罐头，但他舍不得吃，说过节时大家一起吃。他把它放在柜子上，像供了一个菩萨，让我们充满幻想和兴奋地把它景仰了两个月。其实，这个罐头谁也没吃上。有一个贼来到家里，把罐头拿走了。妈妈气得火冒三丈，骂过了贼就骂他，骂到恼恨处，连他哪次掉了几块钱，哪次让邻居占了我家的便宜，连同他出身地主以至祸及子孙等等我们还不太懂的事，也一股脑骂将过去。

他坐在门外，默不吭声。

他没有吃饭，走了。后来那半个月里他一下班就深入街头巷尾，想找回牛肉罐头。也真是巧，他居然找到了贼，是在派出所的办公室里——小偷在另一次作案时被发现，由别人扭送到派出所。

当然，罐头早被吃掉，连罐头盒也无影无踪。父亲不但没有要求赔偿，连骂都没有骂一句，看到盗贼不过是一个无衣无食的穷人，还往对方手里塞了点钱。

他从没在家里说过这件事。我是后来从邻家孩子那里知道的。

三

也许，那个夏夜里的父亲预感到厄运来临，预感到自己将要去理发，将要朝着阳光迎面闯过去，才给我留下了史无前例的抚摸。他照例不会说什么。这已经足够。这短短的一刻的抚摸已足使我记住他的气息，足使我凭借这种气息去寻找浅灰色毛线背心。他知道他的毛伢能挑一百二十斤重的红薯了，他看过秤的。他知道我是他的儿子，如今已经长大成人。即使世界上所有的人都忘却了他，儿子还是能找到他。他对此完全胸有成竹。

我找出各种借口出门去，比方去看游行什么的。我狗一般地四处乱窜，有时在某条街上接连着来回一二十趟，却不知道应该干什么。据实而言，我怕见到同学，怕见到邻居以及任何熟人，只能专走偏僻的小街小巷。有时候从热闹的大街一拐进偏僻小巷，就如笼鸟归山心花怒放，有一种脱离危险地区的放松。因为在这种小巷里，人们不大可能认识我，不大可能辨认出我满脸的耻辱。他们更不会像学校里的那些红卫兵，贴出"老子反动儿混蛋"一类标语，把住教室的大门，只容革命家庭的子弟通过，让我们这些所谓狗崽子跳窗子或钻墙洞，在他们的哄笑中滚他妈的蛋。

我到处寻找，追上每一个形似父亲的背影，看他们的面孔是不是能让我惊喜。我去过父亲经常出入的书店、剧院、图书馆、邮电局以及西餐厅，看熙熙攘攘的人流里，是否有什么奇迹发生。我还去过郊区，想找到父亲说过的一个小屋。他说那小屋依山傍水，门前有两棵高大的梧桐树，还有一个葡萄架，有葡萄架下竹制的桌椅。还记得他说过，小屋的主人姓王，用石头垒墙，用石板铺地，家具都是用粗大的原木随意打成，几橱好书涉及古今中外，一个装酒的葫芦和一个大嘴的陶质猪娃，给他印象特别深刻。他说他走遍大江南北，就发现了那个神仙的去处，真想自己一辈子都住在那里。

他现在是不是隐居在那个石墙石地的小屋？如果是的话，我该去哪里寻找它？半个月下来，我找遍了南郊与北郊，东郊与西郊，几乎一切依山傍水的地方都没放过。有时候我觉得目标已经逼近，觉得自己被一双隐藏着的眼睛盯着，甚至感到父亲的气息就弥漫在某个门口，或某个墙根，或某个小道。就是说，他来过这里，或者说刚才还在这里。只是我猛一回头，他就闪身离开或弯腰躲藏，不让我识破他布下的迷局。

有一天在渡河码头，我发现人海中有一条身影极像他，也是花白的鬓发和宽阔的肩膀。我跑过去，但要命的人影一头扎进了公共汽车。

我应该喊他吗？应该喊他爸爸吗？我稍一犹豫，汽车就慌慌地开走了。

"您看清刚才喝茶的那个人了么？"我问一个摆茶摊的老汉，"他穿着什么样的鞋？多大的年纪？是不是有点像我……"

老汉缓缓地仰起头来，黑洞洞的嘴巴大张却迟迟未发出声音。他的牙齿稀疏，牙缝宽松，残牙像几根生锈的小铁钉。

"老大爷，您看清刚才喝茶的那个人了吗？"

"河里涨水哩，伢子。"

我不明白他的意思。

"河里涨水啦，晓得么？"他意味深长地盯了我一眼，缓缓落下宽大的眼皮。

也许这是一句永难测解的谜语。

他是洞悉我父亲一切的，只是冷冷地不愿告诉我。

我后来把这事告诉了妈妈。她惊愕地拉长脸："哪么可能？诳讲。你爸爸只怕已经骨头化水了。他是我一把泥一把沙从河滩上抠出来的，我眼睛瞎了么？"

"那么，浅灰色的毛线背心呢？"

"背心？"

"是呵，浅灰色的毛线背心，为什么对不上？为什么变成麻色？"我像当初伯伯阿姨们那样稳操胜券，把她一语问住。

河里涨水啦。她不能回答这个问题。问多了，她还对我的固执有些烦恼，直催我赶快去睡觉。她说可能是麻色的，可能是灰色的，可能是草色的，她都被我们弄糊涂了。不过这根本不要紧。要紧的是赶快扎鞋底，我的一只鞋已经掉了跟，得赶快做一双新鞋。

每天睡觉前，她常有的仪式就是把衣袋里所有小硬币都搜索出来，几个一叠几个一叠地排列在桌上，宣布它们明日各自的重任："这是买豆腐的；这是买小菜的；这是买火柴的……"（但几年后有一次我偶然发现她怀里竟揣着一扎两千多元的钞票！却不知那些钱来自何处。）显然，这里没有买鞋的钱。她从此特别热心做鞋，扎的鞋底也特别硬，做的鞋子也特别多，一双一双我们根本穿不过来。她把细线搓成粗线，常叫我帮忙牵牵线头。她用米汤糊裱鞋面，剪下的黑色鞋面晒在窗台上，像停栖许多乌鸦。

为了省钱，她不光做鞋，还做衣，织帽子和围巾，把乘车改成走路，把买报改成借报，做菜时多放盐少放油，还向机关退掉了一间租房。在更加拥挤的房间里，我取代父亲的位置与母亲同睡一床。我曾经在小说《女女女》中提到过，我当时常常很懂事地把妈妈的脚抱紧，让她感受到儿子的安慰。她的脚干缩，清凉，像两块干冬笋，大脚趾被鞋子挤压得向横里长，侧骨便奇特地向外凸突许多。记得在很小的时候，我经常追着这双脚打转转，有一次顺着它仰头朝上看，还看见她裤子上一块暗红色的血迹——后来才知道那是女人的月经。我不知道这种回忆是让我恶心还是让我同情，也不知道为什么儿子不愿意把母亲当着一个普通女人来想象，比方说把她想象成一个有月经的女人，有性爱的女人，有过花前月下眉来眼去的女人。儿子也不愿意把父亲当着一个普通男人甚至一个卑俗的男人来想象，比方想象他拉屎拉尿，想象他偶尔暗生淫念，想象他大祸临头时见死不救只顾自己逃命，想象他为了讨好上司而不惜摧眉折腰，甚至口是心非出卖朋友……而这一切都可能吗？经验总是残酷地告诉我们，这都是可能的。尤其几年来父亲与母亲多了许多鬼鬼祟祟的嘀咕之后，我朦胧感觉他们有许多不可告人的东西。

但他们仍然是我的父母，我没法不爱他们。我没法不爱他们尽管他们曾经拉屎拉尿甚至暗生淫念甚至见死不救甚至摧眉折腰，我没法不爱他们尽管他们卑俗我也卑俗而且我的后代也可能卑俗，但我没法不爱他们，我的亲人。我把妈妈的脚紧紧抱住，让这两块清凉的干笋在我胸口慢慢温暖起来。我还想抱住父亲的脚，但我只能搂来虚空。

我渐渐听到了妈妈的鼾声。我从未听过妈妈打鼾，以为女人都美丽得不会有鼾。没想到母亲的鼾声居然很粗，居然呼噜呼噜地响亮，还有点安心落意的轻松和放肆，不能不使我大失所望。

我睡不着，总是睡不着，一次次被时钟敲打声抛弃在清醒之中。我等待家里那张空空的藤椅发出咯嘎的声响——父亲以前经常坐的藤椅。

藤椅经常无端发声，是什么意思？家里这些天来还有其他异兆，比方说有一天夜里，橱柜里哗啦一声惊天动地，妈妈去看，是父亲以前吃饭的那只蓝花瓷碗无端破裂了。上边的碗未破，下边的碗未破，独独是这只破了。而且破得十分彻底，炸裂成一堆碎片。这又是什么意思？

我还不无恐惧地渴望某种电话铃声。宿舍楼道里有公用电话，昨天我去接过一次电话，话筒里传出一缕一缕沙哑的男声，完全听不清楚，不知电话线那一端是什么人，不知话筒里逼人的寒气是否来自地府阴间。我吓了一跳。事后传达室的阿姨说，可能是电话局出了毛病。但如果是电话局的问题，为什么其他人用这个电话时却完好如常？为什么阿姨说过这话以后神色慌乱地去掩门和东张西望？为什么这个沙哑声一再被我听到？是的，我不会轻易受骗。我相信，沙哑声一定来自一个想同我说话又怕我辨出声音的人，而这个人必定还会再一次来找我。

我又隐隐嗅到了某种气息，是一个人头发里五洲牌药皂的余香。

"还没有睡着？"

妈妈发现我翻身。

我说有点热。

她叫我去洗个脸，或者把被子踢散一些。

我去公共卫生间里洗了个澡，不经意地把半盆剩水朝墙上泼去。突然，在回首的那一刻，似乎是我惊叫了一声，叫得颤抖而尖锐，把我体内的一切都抽空而去。

因为墙上有一片暗色水渍，形状完全是父亲正面的剪影，只是头发长了些。

他来了。终于来了。

他默不作声，似乎在等待我的呼唤。

我却完全呆了，几个月来"爸爸"这个词已完全生疏，僵硬的口舌已经不习惯把它弹送出去或挤压出去。我只是下意识地搂裤子。

水渍被灰墙慢慢地吸干，然后蒸发了，消褪了，竟没有一点声音。

墙上重新现出"此处禁止小便"的告示。

四

父亲的剪影失望而去，以至我还来不及跟他说一句话，来不及把他完全看清。我也不知道说什么才好。此处禁止小便我不知道说什么才好。此处禁止小便我曾经害怕他活着我现在害怕他死去我只能空张着嘴。此处禁止小便这条告示消灭了我十三岁那年的一切动心的言语。

后来我下乡，读大学，从湖南到海南，见到了很多很多人，但不知他在哪里。积攒多年但无法说出的话，现在已开始在我心中腐灭。我很惭愧地承认，我已经没有信心寻找了，对他的记忆已开始模糊和空洞。我没法再在墙上的水渍里找到他，没法再在墙上的灯影里找到他，没法再在墙上的裂纹或霉痕里找到他。除了他留下来两张发黄的照片，两张小胶片未能打捞起来的一切正在流失无踪。我努努力，也只能记起他战争年代参加过国民党，也追随过共产党，在共产党的军队里立过战功，后来一直在教室里和讲台上度过余生。我再努努力，能记得他被儿女偷偷扎过一次小辫，在路上被划破过一次脚等等，如此而已。对一个人来说，这种被忘却不就是真正的死亡么？这当然没什么。我们不是已经忘却了几十代几百代但仍然在抽烟喝酒或谈情说爱么？

或许他的身体还努力在人世间留下痕迹，比方说力图把眼睛传给儿子，下巴传给女儿，某条鼻子或某对难看的短腿传给外孙女。但遗传过程把他的身体特征分解，不过两三代，便会使它们完全消融，融进茫茫人海，不会让它们比记忆活得更长久。比方说，随着我侄女突然被巧克力喂胖，她那条我父亲下巴所特有的曲线，顷刻便不知去向。世界上有这么多巧克力工厂，它们每天都埋葬着多少亡人体态的残迹。

但我们家的某些异象总是尾随着我们。从父亲那只蓝花瓷碗开始，我家总是有瓷碗无端炸裂，就像橱柜里一次又一次偷偷摸摸的鲜花绽开，堕下纷纷的花瓣，庆祝母亲的生日，或祝贺我的远行归来。这实在有些奇怪。我迁居海南之后，爆炸力又从橱柜向整个房子辐射，灯泡、镜子、窗户玻璃、热水瓶等等都曾无端炸裂，炸出奇妙的裂纹或灿烂的碎片。尤其是灯泡，有时买上十个回来不到两个月就炸完了。有人说是灯泡质量不好，或者是电压不稳定。但这完全不对：为什么邻居家几乎就不买灯泡？而且镜子的菊花状裂纹与电压有什么关系？日子一长，我们对这场防不胜防和绵延不绝的炸裂，也慢慢适应了，麻木了。有时妈妈扫地时未发现什么碎片，还会很奇怪：

"咦？这个月怎么没什么动静？"

妈妈老了，已经扎不动鞋底了，而且儿女都有了稳定职业和收入，无须母亲动手做鞋了。因为父亲的冤案平反，政府每月还发来抚恤金。但她似乎总不能明白钱是怎么回事。

她穿着软塌塌的破布鞋出门。

我告诉她，柜子里有新的，换哪一双都好。穿成这样像个叫化子，人家还以为我们当晚辈的虐待老人。

她认真地听着，微笑着，深明大义地使劲点头，但乘我们一转身，又十分机灵迅速地把旧鞋穿上，一举获胜地走出门去。

有时，她也公开反抗，噘起嘴尖："我就是喜欢这一双，你们买的那些鞋，打脚，痛死人。你们不晓得。"其实，那些鞋都是她自己要买的，也都试过的和夸过的。现在她可以全不认账。

她对我们买米买盐之外的任何开销，对我们购置任何新的用具，几乎都怀有不满和挑剔，总是谴责媳妇大手大脚——虽然有时明知是儿子干的。尤其是对一些有很多键钮或外文字母的家用电器，她总是有种偷偷对着干的劲头。买来彩色电视机后，她好几年还经常鄙弃地收缩着鼻子，说它根本不如黑白电视好看，比如屏幕里的鲜血红得太可怕，或者屏幕里的某位女郎实在太难看——她总是把任何女演员，尤其是漂亮女演员的年龄无端夸大二三十岁，对她的"老"来俏的做派"哼哼"一番。

她开过冰箱后总是不掩门，用过燃化气灶具后常常不关气阀，让危险的气体弥漫到客厅里来。她说她只顾上吹熄灶火，忘了关气阀这道程序，或者含含糊糊说那没什么关系，没什么关系的。她当然更不愿意坐车，去我哥哥所在的学校走走，或去大菜场买菜，她出门时就用眼角余光暗暗提防你，一旦发现你想为她叫上三轮车，她知道大势不好，立刻迅速反应，拔腿起跑，似乎儿女叫来的不是司机而是杀手。一个七十来岁的老人，跑起来的步子碎密，紧张，踉踉跄跄，居然有青年人的快捷。

"司机总是骗钱，鬼名堂多！"她为走路而辩护。

其实，有一次我发现本该付一元钱车资，她横蛮地只给司机八角，理由是当天的白菜涨了价。司机对这样的老太婆哭笑不得。

但唯有一样东西，她总是催我们去买——她的鞋。她时而惦记胶鞋，时而想念棉鞋，时而打听一种鞋面是深色平绒布的布鞋。套鞋有两双，她好像忘了，皱着眉头问："这下雨天穿什么？"我提醒她，让她参观床下或衣

柜里那些根本还没穿过的鞋，她哦了一声，斥责自己记忆力的衰退。临到我出差，她又吞吞吐吐地要给我钱："你到广州，吾什么也不要，你只去看看那种面子是平绒，不要系带子的布鞋有没有。人家说只有广州才有这种鞋，也不贵，两块多钱一双。"

她不知道，那种鞋的价格已涨过好几轮了，最重要的是，那种鞋大部分的商店都有，她的箱子里也有。

夏日的一天，她想做点腌酸菜。腌坛照例无端地炸裂，腌大蒜腌萝卜什么的倾翻在地，带着白色浮膜的腌水流了一线，往楼梯下滴。她失足坐倒在地，挫伤了盆骨，不便出门了。我找来一些书刊来给她解闷，其中有一本关于她老家的《澧州史录》。但她只爱读《水浒》，合上书便惊喜赞叹武松或鲁智深的勇武。至于其他的书，她有时也一捧半天，但你若细看，便发现她根本不翻页，或者眼睛已经闭上。

我倒是翻过这本野史，发现卷四中记载了一件奇事：清朝乾嘉年间，澧州洪山嘴发生过一次民变，土民一齐发疯，披头散发，狂奔乱跑，男女裸舞三日，皆自称皇上或皇亲，被称之为"乡癫"。后朝廷令湖广总督率军剿办，统领额勒登保带兵攻占洪山嘴，斩刘四狗等十四人，断癫匪六百余人之双足以示惩戒……我吃了一惊。六百多双脚，血糊糊堆起来也是一座山吧？我在地图上寻找洪山嘴，发现它与我老家相距不过百里。我十分想知道，断足的男人中，是否有一个或几个就是我的祖先？而母亲奇特的鞋癖，是否循着某种遗传，就来自几百年前那些大刀砍下来的人脚？

人足变得稀罕，鞋子是否就成了珍贵与尊荣之物？

我问妈妈听到过这些事没有。她摇摇头："没有。诳讲。没有的事。"

她回忆起老家，讲得最多的只是发水灾。她说一破了垸子，人都逃到了堤上。堤上到处是被水淹昏了头的蛇，也不咬人，大多盘成一饼动也不动。人与蛇差不多就紧挨着睡觉……

那么，母亲的鞋癖到底从何而来？它与六百多人的断足之刑真的没有任何关系？抑或它只是贫困岁月残留下来的一种主妇习惯？我为此请教过一位心理学家，他当时兴致勃勃正盯着我妻最先端上桌的团鱼汤，只是嗯嗯呵呵了一阵。

人真是最说不清楚的。

五

那时候，我们以为只要搬出了机关宿舍，家里的瓷碗就不会炸裂了。妈妈急着想搬走，还想让我进工厂当学徒，总是去求一位老邻居帮忙。但那时很多工厂停工，而我的年龄也太小……老邻居没有带来多少好消息。

妈妈横下心来，决意带我去一个最贫贱的角落，去农村那遥远的地方。我小姨就在贵州一个国营农场，前几年还说那里很欢迎移民。这使我很高兴。我也想远远地离开同学和学校，去一个完全陌生的地方重新开始一切。

在长沙的家终于要结束了。哥哥请假回来帮忙。他学业成绩极好，但当时只能进一所半农半读的杂牌大学，一脸晒得黑黑的，手掌磨得粗粗的。他帮着母亲卖掉了几乎所有的家具，包括父亲的藤椅。空空的藤椅破旧了，色泽晦暗，骨架变形，扶手处还缠了些旧布条，样子显得有些衰老。它依然顽强地咯嘎响了一声，使旧货行的老板有点吃惊，问是怎么回事。哥哥说大概是藤条受压后的复位所致。老板这才迟迟疑疑地收下了它，把它搬到店堂里边，与那些不知来自何处的旧衣柜旧梳妆台旧书桌旧麻将桌旧挑箱旧马桶旧炭盆架放在一起，把它抛入了一个完全陌生的旧货家族。它形单影只，孤苦无助，而且很快被一把气焰骄横的太师椅骑压着。它咯嘎咯嘎的声音，再也不会有谁倾听了。我最后一次回头把它遥望时心里这样想。

哥哥挑起又笨又大的一口箱子和一个被包，送我们上火车。是夜里，是最廉价的闷罐子车，车上挤满了农民的吵闹和臭烘烘的猪羊。所谓厕所只是车厢角里的一只尿桶。哥哥怕我们挤不过人家，临时又决定送我们去怀化，靠近省界的那个中转站。我们在那里半夜下车，吃了面条，妈妈叫哥哥回去。哥哥看了看漆黑的天空，说再送你们到黔东吧。于是我们又默默坐上火车，听窗外车轮咣当咣当的夜。我与哥哥紧挨着，互相搂抱着，感到离别的时刻正一步步逼近，心里都不太好受。以前我们兄弟俩总是同睡一床。我常常躲在被子里偷吃东西，常常躲在被子里听他说故事，或者我咯咯咯地大笑着被他逗弄小鸡鸡。但那天夜里我们都说着成年人的话。还不算成年的他，嘱咐我高中的数理化是至少也要自学完的，交代我下山干活一定要戴上草帽防晒，下河游泳要防止脚抽筋。

哥，我记住了。

我感到他的肩膀坚实而厚重，而且从背影看去，他特别像我的父亲，是一个小号的父亲，使我有点想哭。

我与妈妈又上了汽车，离家越来越远。这是我第一次出门远行。在很多同学戴着红袖章正在向北京、上海等大城市免费旅行"大串联"的时候，我正在向乡下逃去，另有一种远行的快乐和自豪，不会比同学们少点什么。我用哲学家的眼光看汽车在叠岭重峰间爬行，我用诗人的眼光观赏着大块大块的绿色在车窗外起伏翻腾，我气壮山河地环视越来越荒凉的土地，看我未来大显身手的舞台。有时一片绿浪迎面扑来，车厢里就顿时暗去许多。沿公路还有很多山峰的断面，大多为赭红色，暴露出险峻岩层的曲线，供乘客们心惊肉跳地一瞥。千万年前造山运动的雄壮，被时光滤去了一切声响，只留下这些血色伤口，留下岩层最后挣扎时的姿态以昭神谕。前面一亮，车又出了一个山口。云雾涌进了车厢，在乘客们的头发和胡须挂上小水珠。你可以看见云雾从对面山顶滔滔地漫过来，填注山谷，将山脊慢慢地揉洗。我逃避了城市真是高兴。我逃避了伯伯阿姨们机警深刻的面孔真是高兴。我逃避了向着高音喇叭一个劲激动欢呼甚至流泪的同学们真是高兴。我逃避了每天早上争着洗马桶而每天晚上一排排晒咸鱼般在街旁卧床乘凉的市民真是高兴。我逃避了街头的讨价还价店里的苍蝇宾馆门前凶狠的守门人医院里刺鼻的福尔马林气味以及我家对面那扇永远没有开过的窗户真是高兴。我高兴我哼起了一首歌，是一首关于大山、篝火、农垦青年们的歌，是小姨教给我唱的。她就是奔这支歌离家而去的。

很少看见人，有时偶尔俯看到车轮旁的悬崖边沿，看到悬崖下远远的一个黑色木楼，看到楼边一个小小红点——也许是一位穿着红衣的女子——那都是可以令乘客精神一振的时刻。就是说，乘客们由此可知又回到了人间，由此可体会出自己的安全。

前窗出现了一只晃动的影子，是麂子。

"碾死它!"

"碾死它!"

乘客们杀机勃勃地大叫起来。这里的乘客越来越多异乡的口音。

当更多旅客中途上车，以至周围的口音越来越异生以至完全难懂的时候，我们就到了目的地——一个靠近贵州边境的农场。一路还算顺利，妈妈在车上只吐了一次，有位警察给了她药片。但她精神还是很好，几乎不要吃也不要喝。

小姨出现了，脸色又黑又黄，眼里闪着泪光。她似乎有一种紧张，一见面就同妈妈出门去谈，又忙着同另外的什么人去谈。总之我很少看见她的身影。我无所事事，找屋檐下一条黑狗玩了一阵，把路上没吃完的干馒头喂了它。然后，遵照小姨的吩咐，我跟着两个陌生的大姐去地上拔萝卜秧。那里也没有人与我说话，两位姑娘心事重重地蹲在地的那一头嘀咕着她们的什么事。透过朦胧雨雾，我只看见两块遮雨的白色化纤膜下，两座圆大的屁股朝这边撅着。在我满怀豪情体会着这第一次劳动的深远意义的时候，两座圆大的屁股朝这边撅着。我回家时两手泥水，兴冲冲地找肥皂洗手。

妈妈说："快点洗。趁天色还不太晚，我们这就回去。"

我很吃惊：回哪里去？

回湖南去。

为什么要回去？

妈妈与小姨都没有说话。

我觉得土地冰凉，凉气通过我的赤脚一直升上来，直贯我的头顶天门。

　　多年以后，小姨才向我回忆她当时的一切。我怎么那样蠢呢？她笑着说：当时农场领导要我与反动营垒决裂，我就相信应该决裂，就觉得不能接纳大姐在这里……说这话的时候是一九八四年，我和她全家回到了这个已荒废多时的农场，重访黄泥小屋。同行还有一位朋友，他边做家具生意边写些极好的诗，但写完就撕掉，从不发表。那天碰巧也在下雨。眼前还是十多年前嘀嘀嗒嗒的屋檐水以及满地坪的泥浆。只是人面不知何处去，燕子仍在雨中飘滑，有位守着空房子的陌生汉子正把一个木箱敲打得叽叽震响，像在对地坪边盛开的一树桃花作愤怒抗议。不知他到底在干什么。

　　"我们这就回去。"

　　我猛然回头，身后空空的没有人。是妈妈在十多年前发出的声音："我们这就回去。"

　　"爸爸说过，我已经能挑一百二十斤重的红薯了，他看过秤的。我还能够挖地，能够插秧和薅禾，能够割草和捡粪……"

　　"没有办法，你们还是回去吧。"

"小姨，我当一个农民的资格也没有么？是不是我根本就不该生下来？是不是我也成了一个罪犯？"

"阿毛，不要说了。"

小姨咬咬嘴唇已先出了门，看来，再说下去她也会大哭出声了。

雨更大些了，泥路很烂。我回忆那时我总是寻着拖拉机的车辙探步，但一脚滑下去，胶鞋还是成了泥鞋，好几次差点没法从泥泞里拔出。我回忆那时雨水直往我领口里钻，肩上也火辣辣地痛。我想让小姨接一肩，等我脱了鞋袜，挽卷裤脚，再来挑行李。我转过头去，突然间完全呆了，身后没有人！

她没有来送我们。

几丈开外的屋檐下，有几个人影朝这边张望，大概是她的几个同事，在犹豫着该不该来帮我们一把。我依稀看见小姨低下头，转过身去，朝猪场那边走了。我依稀看见她缀满补丁的肩头在微微颤抖。而余下那些人还在朝这边张望。

我眼前的一切都模糊起来，屋影和树影全被浓浓的雨雾漂洗着，洗出一个乳白色的日子。不，只是半个日子，落在我们千里奔赴的终点。

乳白色的半个日子里出现了一个小黑点，愈来愈大，愈来愈清晰，不断地上下跳跃。我看清了，是我用馒头喂过的那条狗。它停住，对我有凝视的一瞬，眼睛透出老朋友的温柔和信任，摇着一条短得十分难看的尾巴，似乎是向我告别。它猛一蹿，在空中划出一道黑色弧线，越过一条水沟，扑上一个草坡，很快超越了我们，朝前面雨雾中钻去，好像要为我们向导和开路。它的耳朵可怜地耷拉着，皮毛已经湿了，全身像一束闪闪发亮的黑缎。它不时停下来把身子摇一摇，摇落得水花四溅，看我们一眼，再扭头前行。

我毫无理由地大哭起来，似乎是为这条狗，为它义重如山的送行。我哭自己刚才竟舍不得用更多的馒头喂它，哭自己临行前竟忘了向它告别，忘了摸摸它的脑袋，哭它刚才差点被一个陌生小伙子打了一棍，而我没法为它出气和报仇。我哭它在这遥远的边地孤独无依而且尾巴短得那么难看……我的泪水和着雨水往下流。我知道这雨水都是我的泪水，隆隆雷声都是我的号啕。

我哭得毫不知羞耻。

现在，我不知道这条短尾巴黑狗在哪里，是否还活着？如果死了，它被葬在什么地方？我永远怀念着它。

如果我今后还有哭泣的话，我得说，我的所有泪水都为它而流，我的所有哭泣才成为哭泣。

六

天黑时分我们返回了县城，寻到了早晨我们刚离开的那个小旅店，住了下来。有很多蚊子，又停电。妈妈的一只鞋已被石块扎破了，她在油灯下哀伤地自言自语："鞋呵鞋，你怎么能叫作鞋呢？这么不经事，你只应该叫作一个套子，一个袋子呵……"

我想起了什么，"妈妈，明天我们到哪里去？"

她也在想，是呵，到哪里去？

年纪尚小的大姐与哥哥都是学生。姑姑虽有工作，但住在工厂集体宿舍，没法接纳我们。其他亲戚要不是自己在遭难，要不就是避开麻烦早已不再来信……我们还有什么地方可去？我一个劲地想着。

窗外的夜十分宁静。在远方的那个城市里，我们已经没有了户口、房子、学籍以及爸爸的藤椅，几乎一切都没有了，那座城市已与我们没有关系——虽然我们可能还习惯性地往那里投奔。事实上，我们现在是断了锚的船，没有港湾的船，突然自由得不再有任何目标与归途，可以驶向大海的任何一个方向。

自由降临得如此之快，新的日子已经在无比的轻松空阔中开始，这是我突然明白了的现实。

我还很快醒悟，妈妈是何等的睿智，她偷偷摸摸做了那么多鞋，是因为她早就明察秋毫地预知了今后的一切。她知道父亲的消失，将使我们要走很多很多的路，唯鞋子可以救助我们，可以启示和引导我们。

难怪她眼下如此平静，根本不去想明天的事情，只是坐在床边修整和教诲她的鞋："唉，你只应该叫作一个套子，一个袋子呵……"

我悄悄走出了房门。

圆满银月已从云里露出来，显得特别迫近。不知名的群山浸浴在蓝色光雾之中。一条小河抖动着浑身闪闪灭灭的光鳞，从古塔那边流来，似乎被黑苍苍的城墙吓了一跳，慌慌坠入一座水坝之下，匆匆而去。河滩的暗色里似乎有牛影，有妇人捣衣的声音。

河里涨水了。我闯入月光，呼吸着绿草的鲜腥和月光中碎碎的人声，去看看那边的水坝和牛。随着我一步步下行，深浅相叠的山脊线缓缓升起来，越在近前的山峰升得越快，很快就把远处的山峰遮挡。我差不多消溶在月光里。我一看到山脊线在蓝色雾海中沉浮不定，一听到牛铃铛将晚风轻轻叩响，就知道父亲不会回来了。这个世界如此美丽他肯定不会回来了。是的，不会回来了。

我回家时走错了路，闯入了一户陌生的人家。我觉得这户人家有些眼熟。比方门前有两棵高大的梧桐树，树下有一个葡萄架和竹制桌椅。我穿过庭院，看见石板铺成的地，石头垒成的墙。借着一盏油灯的光亮，我还看见屋里的书橱，还有装酒的葫芦和大嘴的陶质猪娃……我吃了一惊，发现这正是我曾经寻找的地方。

我走了进去。

请问这里有人吗？

请问这里的主人姓王吗？

七

将来的一天，爸爸说话时老是跳出一个叫马丁的陌生名字，大概以为我对这个人很熟悉，其实我根本不明白。听起来，好像马丁与酒、与木船、与芭蕉林有什么关系。爸爸说他托付马丁来找过我们，可惜马丁的弟弟碰上了成群的鳄鱼，只剩下了一只脚。

我更不知道什么马丁的弟弟和鳄鱼。

我告诉爸爸，那次腌坛无端炸裂后，妈妈也记起背心应该是浅灰色的，也怀疑自己认错了。她后来不再哭泣，就是相信丈夫总有回来的一天。

爸爸揉了揉眼睛，叹了口气，说他也许回来得太晚了。他一直不能想象国内变化这么大，家里变化这么大。说起来，这些年就像一个梦。

我说，我一直相信这就是一个梦。

我搬出了母亲生前留下的遗产——一大箱各式各样的鞋子，可以丈量千万里道路的鞋子。每一双都很新，都按照她生前的爱好用绳子捆紧，用报纸或塑料布包裹，显得很本分很安全。爸爸用枯瘦的指头把鞋子一一捏摸，点点头："是她的。"

他一定嗅到了母亲的气息。

他声音有些异样，说你妈的脚很大，家乡妇女的脚都很大。旧时的妇女一般都缠足，但老家的习惯很特别，不管穷家还是富家，从来都不缠足的……

在我想象那一天，他看完鞋又看完几大本相册，忍不住要喝酒。只是让我妻子去温酒时，照例叫错了名字，叫成了我母亲的名字。我们劝他少喝一点，他有点不高兴，装作没听见。

我换了个话题，向他打听清朝乾嘉年间"乡癫"的事。

他说："有呵，有这事。"

"妈妈当初说没有这回事。"

"她是不想说吧?"

"有什么不可说?"

"你祖爹就是被官军砍了双脚的……"

我追问下去：妈妈爱鞋成癖，是不是与往事有关?比方说，是不是乡民断足太多，鞋子因稀罕而变得珍贵，人们对鞋子有一种特殊的心理……

"有道理，有点道理。以前家乡人送礼呵，不送酒，不送肉，就喜欢送鞋。可能就有一种祈福的意思在里面吧。你说是不是?"他还回忆起来，那时候到某家去，只要看床下鞋子的多寡，就可得知这一家家底的厚薄。收媳妇嫁女儿，新娘子最要紧的本事就是会做鞋。给死人送葬，很重要的仪式就是多烧些纸鞋让亡灵满意。连咒人也离不开鞋，比如咒一句"你祖宗八代没鞋穿"之类，就是特别恶毒的了。

我去找那本《澧州史录》给他看看，翻遍了书柜和书桌却找不到。一时间地上摊满书，几乎无我立足之隙。我和妻子腰酸背痛忙了一阵，颓然坐地，很奇怪那本小书为何不翼而飞。

"这本有没有用？"妻子递给我另一本。

似乎也是本历史，一本厚厚的《万年历》。封面大红大绿低俗不堪，价钱也很贵。这是若干年前出版的，但一直畅销不衰，连我也忍不住买了一本。我不知道人们为什么去抢购它，为什么关心身后那么多不属于我们的日子，而且那万年的日子只是一些数码，每一页都差不多，冷冰冰的毫无人间烟火气。不会有你我他，不会有你们我们他们，只有数码数码以及数码。但那些密密的数码里是否还隐着某只饭碗的无端炸裂？

我想会有的，只是我无法探查出炸裂隐在数码里的何处。我把一万年漫长岁月在手里哗哗翻过去。

白光一闪。

我听到阳台那边，父亲坐的藤椅咯嘎一响。

1991 年 5 月